文炳蘭《ムン・ピョンラン》 詩集

織女へ・一九八〇年五月光州 ほか

広岡守穂
金 正勲 訳

風媒社

文炳蘭（1934－2015）

文炳蘭詩集

織女へ・一九八〇年五月光州

ほか

目次

1

街路樹

文炳蘭《ムンピョンラン》は一九五九年「現代文学」に掲載された「街路樹」で詩壇にデビューした。初期の文炳蘭はモダニズムの抒情詩を書いた。しかし彼はいつまでもおなじ地点にとどまり続けなかった。時代が文炳蘭の詩心を内面的な感情生活にとどまることを許さなかった。街路樹で恋情を内面的にうたった詩情は、やがて外部に対するやりばのない苛立ちをとらえるようになる。「街路樹」発表後まもなく書かれた「手」は、手のひらの皺に戦争による分断の現実とセックスとをかさねて映し出した。政治と性を根源的なところで二重重ねにする視点はその後の文炳蘭の詩にしばしばあらわれるのである。

街路樹

郷愁は終われり
われらは午後の河辺から
帰り来て、ただずめり。

生活の廃墟にもまれた冬より抜けなば

氷点に立ちて待つわれらの三月…
凍傷の枝ごとに
膨れ上がれる地熱に窓ぞ開けり。

空虚なる足音が帰り来る午後のとば口
どこにても君の挨拶は嬉しく
君と一緒に歩くこの道は
尽き果てた孤独を味わい合いつつ歩く季節の小径

手のひらを合わせつつ帰り来たる夜に
貧しさの列をつくりて流れる闇の中
淋しき訳《わけ》は
われらみなそれぞれの愛を大切にすればなり。

闇を呼吸する静かなる席

なごやかな星明りを見せて
近づく三月のごとき遠き顔たちが
泣きつつ去りし涙。

君を送らざるをえなかったように、また迎えざるをえず
季節ごとに
新しき服に衣替えする美しき女人。

ここは季節が素足で歩み来たりて
素足にて歩み去る路地。

行かばや
われらが望み、遠い山頂の見ゆるところへ
渇きの午後に
まちに出たらば

きみとともに並びて歩みたし
きみは五月のフィアンセ、寄りそって立つ　きみも
われとおなじく　故郷は遠し

花のたね

秋の日
掌をひろげて受け取る　一粒の小さな花のたね
葉やら花やらの
あざやかな色が消えたそのあとに
たった一粒の小さなたねの中に集まった秋

輝く夏の午後
真っ赤な花々のかそやかな悶えや
熱い夕焼けの息吹が実る
そのたしかな重さを確かめることができるだろうか

悲哀の菓を集めて燃やせば
にわかに庭が広がりゆく秋の日
わが心ののどの深さにも
静かに実りゆく燦爛たる寂しさ

今日一粒の花のたねを選んで
待つことの長き窓辺に
華麗なる過去の日の対話を問う

花瓶

そこに置かれる
東洋画の風景に寄りそい
わたしの窓を守る淋しい花瓶

その細い腰に手を当てると
切ない線にそって
花は微笑むだろうか

貴方に向かって座ると
心が貧しいときも
おのずと明るくなるわたしの窓……

貴方に向かって座る時間は
また、
静かに両目をつぶることのできる時間

心が空ろな寂しい日にも
いっぱいに水を張ると
わが心に香ばしく満ちてくる
遠い海からうち寄せる
潮の音よ

季節が立ち寄っていく窓辺
空瓶をなでると
生まれ出る
懐かしさにうっとりする

越冬

春がいちばん遅れてやってくる
ぼくの二間のわび住まい
孤独な冬の営み。

わずかの地面もない
窓の前は塀の壁
ぼくの五人家族の冬眠が終わる
空っぽの花瓶を抱いてきた
ぼくの越冬

ある日
手紙と共に、ぼくの春がやってきた

多島海に咲く花の、その花いきれをつれて
四月、

ぼくは何を待っていたのか
ぼくは何を失っていったのか

季節も訪れることのできない
喉が渇く生活の呼吸の地帯
ゴミだけが積もった悲しい日暦に
一つひとつ刻んできたあえぎの
日々。

蝶が知らない
ぼくの悲しい現住所に
また寂しい春は来るか。

妻の向かいに座って
妻の手、
その手のひらをきざむ
いくつかのシワを数えて

ぼくはこの春に
貧しい窓を拭こう
両手を合わせて
もう一つの祈りを学ぼう。

空いた花瓶に
一輪の花を挿して
一つの小さい窓を守りたい
こころ……。

手

互いの可能がきざす距離をとって
一枚の銀貨がおかれ

血の色の痛みの傷口が散らばる手相に沿っていくと
そこだ！
戦争がのたくり延びる地図の中、
そこに苛烈なる一条の鋼鉄線が引かれ。

ある日
伏せて翻す掌のうえ
縮尺二〇万分の一の世界を延べて

今とて、退けば
空盃を満たす夜七時の上に
長く置かれたる孤独がむせび泣き

夜は置くところなき我が
手、
冷たい銀貨のあたりに
渇したる暗闇が忍び寄り

深夜
秘密会談はじまる我が王国
そこだ！
法悦の炎に点火する指先で、
極東の危機が燃え上がり

まどろみの乳房の谷間に、
危機一髪の八合目に沿って
もう一つの火薬庫の上をなぞりゆく我が手、
戦争は極点に咲き始めた花であった

いま、燦爛たる旗を降ろして
両手を合わせる夜

凍傷の痛みを集めて
M1小銃の引き金の
あたり、
長い冬を防衛した輝く
憤怒—その奪われた手と手は、いったいどこに埋められただろう
今は暗闇を剥ぎとった静けさに包まれ

むしろ祈りをやめた夜、
切り落とされた手は
その、どことも知れぬ彼岸を匍匐している

別れを告げる

楽しい歳月は
もうわたしたちの額のうえに
離別を告げ
別れて帰る道ごとに
未練で燃え上がる悲しげな夕焼け……

アスファルトの交差路

思いが燃える街灯
寂しい瞳、遠くまで照らし
昨日のあの場所に
そっと立ち去っていく足音……

最後のときは近づき
最も優しい意志でする握手
向き合う足音ごとに沈黙が漂う。

悔みと思いが
姉妹のように寄り添ってきて
優しい瞳ごとに
秋に似た悲涼な今日……

明日があることをお互いに話しながら

このように背を向けて別れることができるのは
終わりに残っている最後の喜び！

立つ道の上に秋が降りて
帰路を懐かしむ
足音ごとに
哀愁と希望が深く根をおろす。

花へ

いっそ最後のものも脱いじまえ

夜な夜な秘密を隠して

最後の秘部、
恥ずかしいところを覆う
その日から、

僕の前に
あぶなげに立つ姿、

お前を欲しがる視線から
お前をまさぐる陰謀の手から
かろうじて守ってきた
秘密、
いちばん奥に隠してきた痛みのかがやきを見せてくれ。

そのかがやきのなかで
姦淫されるお前の

花芯、
そのまぶしいかがやきのなかで
貪婪な目がお前を探している。

今日の恥辱、
白昼の無法の前に
裸でふるえている花よ。

きわどくも、光の欄干で
お前が最後に守った
憤怒、
如何なる絶頂に目を固く閉じているか。

もう守るべき、何もない
むきだしの胸、

いっそのこと
まばゆい光をずたずたに裂いてしまえ

三〇歳

確率を当てにする
僕の会話が
彼女の乳房の下にまどろむ
オレンジ色の無意識を刺激する。

踏切りを渡る
前、
しばしためらう視線が

次第に上がっていくミニスカートの奥に
大切に隠された脹ら脛をなでていき
だんだん近視眼になっていく僕の三〇歳。

月賦の洋服
ポケットに溜まる月末のごみのように
少しずつ中途半端になっていく僕の
帰宅。
彼女はいつもぼやいていた。

トイレットより始まる僕の
日課、
新聞に目を通して
次第に野党になりたい三〇歳。
いまや僕は憎しみを学びたいのか。

ある月刊誌の中に
輝かしい名声を祈って
僕もしばらく密かに投げかけた微笑
そこ、
寂しい目の中に紛れ込んでしまった三〇歳。

ある日
散髪屋の鏡の中に
しかつめらしくうら寂しい額。
唇が少しずつ歪んでいく。

首あたりに這うカミソリの刃の下で
遠くへ週末旅行に立つ寂しい
三〇歳――忘れた恋愛を

もう一度復習しようか ― 次第に酒量が増える。
いまだ悔いぬ覇気を胸にいだき
ある日薄く濁った杯の中で

悲しい独裁を守る男
怒った顔で振返っている。

とろんとした目を開けて
にやにや嘲笑しながら
国産高級タバコを吸う
三〇歳―僕はいまや、ずうずうしさを見習いたいか。

確率を当てにする
僕の手が

彼女の乳房の下に眠る
オレンジ色の無意識を刺激する。

頑強なひたい

はげあがった、
青白いひたいではなく
ひきしまったひたいの奥に
深く隠された
辛苦の時間の噛み痕
敵に憤怒で対決し

愛に
柔らかいしわで答える
僕のピンと張ったひたい。

歳月のすさまじい搾取にも
奪われぬ夢、
かわいい微笑みの中にも
とどまらぬ愛、

一滴の涙にも
染みつかぬ非情を隠して
しっかり乾いたひたいの下に
深く隠れた憤怒のかがやき。

白い歯を見せて笑う

おべっかの舌先に触れず
柔らかき唇でささやく
虚しき嘘の前に身をすくめている。

脂ぎった広いひたいではなく
歳月も留まれない
狭い夢のテラス、
激しい憎しみの習俗を守って、

敵よ、今日も
頑強なひたいで守る憤怒、
輝くしわで
愛と憎しみを包み隠している。

正当性・1

自分の行動について
僕は正当性を探す。

外国留学生のビザの上で
今日の知性は正当性を探す。

もちろん食べねばならず
もちろん排泄せねばならず
できることなら人より豊かに暮らさねばならない。

僕はなぜ彼女を泣かせたのか。
僕はなぜ収入が少ないか。

彼女の唇の上で
僕の唇は何を盗んだのか。
僕たちの愛は正当なのだ。

デモ隊は石ころの中で
民主主義の蘇生を信じ
警察は催涙弾の中に
法の尊厳性を信じる。
すべてのことは正当というわけだ。

糾弾大会が開かれるとき
道峰山*へ行って恋人と楽しみ、
デモが展開されるとき
ビリヤード場に行って休校を楽しむ。

ガムを噛みながら映画パットン大戦車軍団*を鑑賞した。
僕の良心の所在、
ガムを噛んで
奥歯で唇を噛んだその
しくじり―塩辛い血の味が分かるか。

戦争を楽しむ偉大な英雄と
死を恐れる兵卒の間で
口をつぐむヒューマニティ
奥歯の間でつぶされる
ガム―すべてのことは正当なのか。

マッコリの店で行方知れずになった
今日の知性と夢。
僕は失恋して

催涙弾の中からコスモスが咲く
貯蓄強調週間に赤字を出した
僕の妻――しかし、これらすべてのことも正当なのか。

ミニスカートの丈はしきりに上がり
ソウルのビルはしきりに上がり
この秋僕の赤字も上がる上がる
しかしこれらすべてのことは正当なのか。

正当性を失ったこの秋
かみしめた唇の敗北の上に
落ち葉が散らなければならぬ理由。
十月の恋文を燃やしてしまい

＊道峰山（トボンサン）はソウル市北方の道峰区にある山。標高七四〇メートル。

＊「パットン大戦車軍団」は第二次世界大戦中のアメリカ軍のジョージ・パットン将軍を描いた一九七〇年公開の映画。

正当性・２＊

ときどき、わたしのこぶしは
殴るところを探す。

空であれ
岩角であれ
こぶしは
殴るところを求めて孤独だ。

青白いひたい、
傲慢な鼻に向かって
かたく握られたこぶし。

凝固した血のかたまりを噛んで
四角いジャングルの中に
火花を散らす瞬間、
粉々になっていく
その絶頂で
わたしのこぶしは血を吹く。

いま戦いは終わり
敗北を慰撫する
孤独なこぶし、
空に向かって

真っ暗な闇を
狙っている。

いつかは熱い流血に濡れ
血を噛んで壊れる
悲しき黙示、
こぶしは正当性を探す。

＊「正当性・1」「正当性・2」は有名な詩である。文炳蘭は詩集『正当性』を出した一九七〇年代に、初期の叙情的な詩風を脱して現実参与をうたう抵抗詩人に変貌した。詩集『正当性』が発表される前年の一九七二年一〇月、朴正熙大統領は憲法を改正し、維新体制という名の開発独裁体制を確立した。そして自由なき経済成長至上主義の重苦しい雰囲気が時代を支配した。文炳蘭は、権力に対する抵抗、物質主義への批判、不正と腐敗に対する怒り、そして歴史の回顧を通じて不条理に対する抵抗の叫びをあげた。彼が書く詩は孤独な民衆のこころを代弁する叫びとして広く受け容れられた。

成三問*の舌

太陽が頭上にのぼった正午、
首陽大君*は
成三問の舌を切りおとした。
簒奪者を認めず
殿下と呼ばず旦那と呼んだ
成三問の、その舌、
匕首のごとく
首陽大君の心臓深く突きたった舌の矢、
その三寸の舌の矢じりが虹を分けた。
あの日、首陽旦那の心を
激しくたじろがせたものは何か
申叔舟*の柔らかい舌が

旦那の足裏を舐めながら
子犬のように振る舞い、
年取った鄭麟趾*の長いひげが
よだれをたらたら流していたときしも
狂犬の餌食になった成三問の舌。
あの日、首陽山に行っても
伯夷・叔斉は物言わず
あの日、鷺梁津*に行っても
切り落とされた三寸の舌は語らぬ。
多くの旦那たちが
首陽大君の足下にひれ伏して
子犬のごとくふるまうとき
皆人の舌が餌を舐めつつ
柔らかく美麗な花と咲くとき
見よ、土中に埋まって

いつまでも腐らぬ三寸の舌、
その無声の涕泣が聞こえるか。

＊成三問（一四一八〜一四五六年）は李氏朝鮮の学者・政治家である。一四五五年、首陽大君がクーデターで若い端宗を王位から引きずり下ろし、みずから王位について世祖となった。このとき成三問らは端宗復位のため首陽大君暗殺の機会をねらっていた。しかし計画は発覚し、一四五六年、成三問ら六人の志士は首陽大君みずからがのぞんだ裁きで拷問を受け処刑された。韓国では今日でも不義とたたかう志操堅固な人物として評価されている。また処刑された六人は「死六臣」といわれている。

その前後の李氏朝鮮の政治史をかんたんに説明しておこう。一三九二年、李成桂が李氏朝鮮を開いた。第四代の国王が「訓民正音」を編纂してハングル文字をつくった世宗（一四一八〜一四五〇）である。成三問は「訓民正音」の編纂にかかわったものの一人だった。さて世宗のあとは文宗がついだが、わずか二年で他界した。文宗のあとをついだ端宗は一二歳の少年だったので、文宗は端宗をもり立てるよう大臣たちに遺言して死んだ。ところがそのころ最大の実力者は世宗の次男である首陽大君であった。一四五三年、首陽大君は文宗が頼みにした重臣たちを殺害して実権を握った。それが癸酉靖難といわれる。そして癸酉靖難の二年後、首陽大君は端宗を追い落として王位についた。ところで、詩の五行目「殿下と呼ばず旦那と呼んだ」のくだりであるが、最後の裁きの場で、成三問は首陽大君に「旦那（ナウリ）」と語りかけた。お前を国王とは認めない、だから「王様（チョナ）」とは呼ばないぞ、という意思表示である。韓国史で有名な場面である。わたしたちはいろいろ訳語を考えてみたが、武家政権の時代が長かった日本ではぴったりした訳語がみつからない。苦肉の策で「偽王」としてもみたが、おさまりが悪い。結局、「旦那」のままにした。「旦那さま」というくらいの意味である。
なお詩に出てくる申叔舟は首陽大君による権力奪取に協力して重用された。鄭麟趾も首陽大君に仕え、さまざまな重職についた。伯夷と叔斉の兄弟は司馬遷の『史記』に出てくる。古代中国の武王が殷を倒して周を立てたとき、二人は周に仕えることを潔しとせず、首陽山に隠棲して山菜を食べていたが餓死した。鷺梁津はソウル市内の地名で、処刑された「死六臣」の墓地のある場所である。

父親の帰路

空が夕焼けに染まり
帰りのバスに揺られるうちに
わたしたちはだんだん父親になる。

リヤカーを引く男の荒れた手も
やわらかい夕陽に染まると

今日の手すりに
乾いた唇が燃えている。

父親になるということは
もう一度恋人になるということだ
沈む夕焼けのような心を抱き
帰路を急ぐ
貧しい父親は優しいばかりだ。

ざらざらした皺にも
やんわりした夕陽の息がかかり
上役ににぎにぎする手にも
一〇ウォンの飴玉がそっと握られる
時間、

貧しくて清潔な手を持って
息子や娘の前に帰ってくる
みすぼらしい父親、
でもその息子、娘の前では
どの国の大統領より偉大なのさ！

へつらいもお世辞も通じない
もう一つの王国
主流も非主流も
与党も野党もなく
息子の手足は父親に似る。

一すじの皺さえ
紫色の微笑みに変わる時間、
ざらざらする髭の頬が

窓際に揺れると
あたたかな食欲をさそう夕焼け！

沈んでいく心を抱きかかえ
揺られ揺られて帰ってくる
父親の胸には
いま
あたたかい血潮が脈打つ。

ハエの群れと共に

人が集まって生きたその日から
お前たちも、わたしたちの家族になりました。

一杯の麦ご飯の上で
ちんまりと手を擦りながら
われさきにと
ごちそうを楽しむハエの群れ。

わたしは
彼らの無礼をたしなめる自信がありません。
生活の匂いが鼻を
この暗い路地を出入りしながら
糞の匂いと味噌の匂いを区別しなければならない
わたしの悲しい鼻は嘔吐を学びます。

仕方なくお前たちと共に生きることになった
わたしは悲しい人間です

いくら殺虫剤を吹き掛けても
きょうの憎悪はなくならない。

殺しても殺しても
わたしをあざ笑う
お前たちの宇宙飛行
お前たちとわたしの戦いは続きます。

わたしが行くところ
どこにでもついてくる
お前たちとわたしは
運命をともにするのか。

わたしの前に置かれている
一杯の麦ご飯と味噌チゲの上で

ごちそうをのんびり楽しむハエの群れ。
わたしは彼に向かって必殺弾を浴びせかけます。

憎悪よ、憎悪よ、
心を痛めて
今日の悪臭の上で
お前たちとわたしは仕方なく対決しています。

2

織女へ

民族統一の悲願をうたいあげた「織女へ」は曲がつき歌になって、広く韓国民にうたわれてきた。農民が耕す土、そこに咲く草花や動物、自然、貧しい漁村の女…、文炳蘭が好んで取り上げる素材は、ひたむきに生きる人びとと、その人びとを包み込む大地への、愛情に満ちている。民衆詩である。文炳蘭にかぎらず、韓国の詩人はたくさんの民衆詩を書いている。民主と統一を求める思いは、大地と自然と貧しい人びとに対する土臭い思いなのである。「無等山」、「希望の歌」もたいへん親しまれている詩である。

恋する男女はだれだって無敵

恋する男女は無敵だぜ
なんぼ女が不細工だって
女連れなら色男。

中華ジャジャメン食いながら

ほっぺのジャジャメン拭きながら
いつものラーメン屋であいびきすれば
持ち金たった五〇〇ウォンでも
恋する男女は大金持ち。

アメリカ大統領が、だれだろが、
やつらにゃ全然関係ない！
ヘビー級チャンピオンが、だれだろが
オスカー女優が、だれだろが
つぶらな瞳が天国天国
ジャジャメン食べて抱き合って
費用あわせて一〇〇〇ウォンでも
夜のふたりは、おしあわせ。

恋する男女は無敵だぜ

二人になったら天下無敵
一つになったらもっと無敵
周囲のことなど気にせずに
天下堂々メイクラブ

恋する男女は天下無敵
ひとりさびしく山眺めたり
白湯《パイタン》飲んだりいたしません
まして楊枝でシーハーしない
あなたのものはわたしのもので
わたしのものはあなたのもの
「サンデーソウル」*なんか観ず
ドラマの恋人別れても
恋するふたりは別れない
高級ベッットも要りません。

失うものは何もなし。
両手さえありゃそれでいい
夜のふたりはおしあわせ
待合室で公園で
登山道で満員バスで
ラッシュ・アワーの陸橋で
若ささえありゃそれでいい
恋する男女は目を輝かす。

ふたりは並んで遠くみて
お手々つないで丘を行く
遠い世界を見るために
お手々つないで丘登る
丘にすわって空を見る。

いのち尽きても悔いはない
あした別れがこようとも
今宵ひたすら愛しあう
だれはばからずキスをして
ギシギシ音をたてながら
恋人たちは抱き合う
ああ、恋する男女は天下無敵
ああ、偉大なるかな青春よ！

＊サンデーソウル　「ソウル新聞」が一九六八年に創刊した韓国最初の大衆娯楽雑誌。一九九九年廃刊。

織女へ

別れが長すぎる
悲しみが長すぎる
ただ立って待つには銀河は広すぎる
烏鵲橋*までが落ちてしまい
いまは胸と胸を踏み台にして
刃を踏んで渡り、会わねばならぬわれら

ただ立って待つには歳月は長すぎる
あなたが幾たびも繰って解いた一筋の糸、
夜ごとに懐かしさを縫い取って織った布地、再び解くべきだったのか
僕が飼った牝牛は幾たびも子を生んだが、
あなたの織った布地はどれぐらい積み上がったろうか

別れが長すぎる
悲しみが長すぎる
四方塞がれた死の土に立って
あなた、手まねきする女人よ
乳房も奪われ処女膜も奪われ
ついに髪の毛さえも奪われても

われらは再び会わなければならぬ
われらは銀河を渡らねばならぬ
烏鵲橋がなくても踏み台がなくても
胸を踏んで渡り、再び会うべきわれら
刃を踏んで渡り、会うべきわれら
別れは、別れは終わらねばならぬ
干上った銀河を、涙で満たし

胸と胸に踏み石をおいて
悲しみは終わらねば ならぬ、恋人よ

＊烏鵲橋（うじゃっきょう）　かささぎの橋。七夕で牽牛織女が会うときに、かささぎが羽根を並べて天の川にわたす橋。

法聖浦*の女

前借に縛られて
人生を
前借のために生きる女

居酒屋の酒膳に刻んできた履歴には

それでも華麗な思い出がある
港々に残した未練があり
海のカモメにも及ばぬ運命に
何の意味もない誓いだけが、空《から》の袋のように残った。

情夫《いろおとこ》を焦らして泣かせた
焼酎の空瓶ばかり積もり積もって
大漁の便りはついぞ聞こえない
七山海のイシモチ群を追っていった情夫《いろおとこ》
法聖浦の船乗りはどうやら帰ってこないらしい。

陸《おか》からやってきた女
慶尚道のなまりが水に浸るが
まことの純情でもないのに
分別なく動き回る生活の海ツバメ

西の空ばかり眺めて
島の椿のように燃える女よ

今日も日がな一日
待ちぼうけの半日
焼酎三本開けても
夕焼けどきには帰ってくるはずの船乗り
彼の便りは聞こえない。

供物のイシモチは見えず
日本の船、中国の船が往来する海から
あぶれた情夫《いろおとこ》、
空の船を漕いで帰ってくる
太い腕を思うと涙が出る。

日がな一日騒ぐ風よ
そんなに夜は長くても
しっとりまつわりつく涙
宿屋の窓辺に立って
荒れ狂う海を見る
揺らめくわたしたちの悲しみを見る。

航路も塞がれ便りも途切れ
日がな一日、泣き叫ぶ海
「サノ、ヨイヨイ」と
いくら箸を叩いてみても
不吉な胸騒ぎはしずまらない。

竜王様も国主様もわたしたちの味方ではいらっしゃらず
イシモチ群もタチウオ群もわたしたちの味方ではなく

潮が入ってきたらどうしましょう
じめじめと雨が降ったらどうしましょう。

ああ、不吉な胸騒ぎ　帰らぬ情夫《いろおとこ》
怪しいカモメだけが鳴いている。
荒れ狂う波を抱いて
つむじ風のように生きてきた女
大漁であれと願う夜ごとに
空閨をかこつ法聖浦の女の体も
荒れ狂う海のように揺れている。

＊法聖浦は全羅南道霊光郡法聖面の海岸にある漁村。付近に百済の最初の仏教寺院として知られる仏甲寺（プルガプサ）がある。またこの近くでは有名な仏僧である大宗師（テジョンサ）が生まれた。法聖浦は、昔から風光明媚で魚獲量も多い町として知られ、特にクルビ（イシモチの干物）で有名なところである。イシモチは韓国では昔から高級魚として人びとに愛されてきた。法聖浦の通りには、イシモチの販売店と食堂が並んでおり、観光の街となっている。

冬の麦　―農夫の眠り―

農夫の胸より暖かい
黒土の中で滋養を吸って
一滴の汗が実を結び
大地の中心に根を降ろす。

去る夏、農夫の手にほぐされ
柔らかくなった土、
その芽吹きの胸の中に
一粒の種を育てる心
丈夫な農夫の欲望が隠れ
朝寝から目覚めさせる農婦の腹が膨れる。

春になるとみずみずしい緑を繁らす
大地、
みどりなす黒髪が覆うと
五月の風がくすぐって
農夫は長い眠りから目覚める、伸びをする。

農婦の傍ですごした長い冬の夜
農夫の心で育つ種子。

農婦の腹を撫でながら
麦打ちを夢に見た農夫
立春もほど近いある日、眠りから覚める。

去る秋、種をまく
農婦を愛した農夫、

お産の月数を数える指先から
不思議な力が湧く欲望の夜明け
彼は肥えた畑に出る。

おお、大地よ、麦のように強く
麦のようにみずみずしい農夫の肉体が
やさしく土に触るとき
農婦は眠りから目覚め、
麦はありあまる滋養でたわわに実る。

湖

大勢の人びとに出会った日の夜に

必ず会いたくなる人がいる
無数の肩の隙間から
無数の目の輝きの隙間から
さらに胸が引き裂かれる孤独を抱き、
時間の外れに押し流されれば
はじめて会いたくなる人がいる
大勢の人びととの隙間を過ぎて
大勢の人びとを愛してしまってから
はじめて会わなければならない人、
はじめて愛さなければならない人、
この長い待ち遠しさは何だろうか
風のような喉の乾きを抱き、
すべての人と別れてから
すべての愛が終わってから
はじめて愛したい人よ

このどうすることもできない懐かしさよ

土の恋歌

わたしは土です
ずっと昔から原っぱです
だれがわたしの心にすきをいれるのでしょうか
だれがわたしの心にくいを打つのでしょうか

痛さをこらえて
今日もわたしはじっとしています
たくさんの手が触って掘り返して
わたしのむきだしの夜明けの肌のうえに

静かに寝転がる人
農夫の垢まみれの足裏が
わたしの胸に口づけします。

知らぬ間に愛をかわしたわたしの体
黄土色の欲望の夜明けに
霧の寝巻きが降りてきて
薄い眠りの中で
わたしの種子は新芽を出します。

尿《いばり》の音がします
所どころに縄をはる音がします
あちこちに穴を掘って
毎日、夜明けになると
欲望のくいを打っています。

ちいさな悲鳴をあげる明け方
わたしを踏みつけながら
だれが咳をするのでしょうか
五千年のものあいだ、尿《いばり》を飲んで
お百姓の涙を飲んで
悲しい種子を育ててきた心
だれがわたしの心に鉄条網を張るのでしょうか

わたしを愛してください、長く横たわって
黄土色の真昼の中に潜む
やつれた胸元をはだけて
美しい主人の手を待つ
傷ついたわたしの心の上に
どうか希望の種を植えてください！

わらじが踏んでいった後も
ゴム靴が踏んでいった後も
軍靴が踏みつけていった後も
戦車が通っていった後も
わたしは土です　いのちの素肌です。

尿《いばり》の音の下でも
どんなゴミや痰唾の下でも
わたしはいつまでも美しい土です
だれの手にも触れることのできない、いのちです。

きょう、だれがこの土に色を塗るのでしょうか
きょう、だれがこの土に線を引くのでしょうか
いくら踏んでも音はしません
裂けて垢じみた足の裏の下で

一筋のいのちを育てる土
善良な百姓の糞を食べて
ぼたぼた落ちる濃い血を食べて
歴史という脂ぎった足の下で
土は泣いています。

故郷の野菊　―獄中の弟子へ

故郷の野原のひと隅に
いまごろ
人知れず咲いている野菊を
君は知っているだろう。

雑草の間にひっそりと
静かに息をひそめている、つつましい花
独りでも寂しくない
そんな悲しい愛があることを、君は知っているだろう。

セメント壁に囲まれた独房、
手のひらの大きさの空をのぞかせる小さな獄窓に
虫の鳴き声が、故郷の血をにじませた恨みを絞るとき
冷たい床の上にすわり
眼を閉じて堪える日がな一日。

いまごろ
夕焼けの空の下、故郷の野原のひと隅に
ぶるぶる震えている
かそけき息吹の

ちいさな小さな待ち時間があることを
君は知っているだろう。

眩しいほど青い故郷の空の下
悲しい物語を秘めたまま
晦日の月光に痩せていく
君は故郷の悲しい歌を
知っているだろう。

ああ、真理とは何か、あらためて
心中にただひとつのことばを抱き
壁にむかって座す忍苦の日々
熱い血がたぎる
今日もまた一日は長い

苦菜の歌

甘いものになるのが嫌で
生ぬるいものになるのが嫌で
舌先に染みる香りが嫌で

全身に苦味を持ち
あちらにそっぽを向いて
ぴんと拗ねる眸
媚びて笑うのが嫌で

一日中風に吹かれても
涙を流すのが嫌で
嘆き縋って哀訴するのが嫌で

与太者らの一晩のご馳走
やつらの脂ぎった腸《はらわた》の中で
飽食のあくびを噛み殺すデザートになるのが
嫌で
根から頭の先までおそろしく苦く香り
凶作の年、貧しい人びとの腸《はらわた》に入り
生水で血をつくる

激しい憤怒になった
お前の鼻先に染みる
苦い香りになった。

へーび

へーび、
お前は呪われた運命を体に巻きつけて
投石や棒打ちの攻撃を避けて
陽がささない穴とか
日陰の泥濘とか、イバラのやぶとかに
人知れずおのれの孤独を抱きしめた。

アダムとイブ、
むしろ真実は人間の罪を被せた陰謀である
声を盗まれた舌をチョロチョロさせながら
お前はまた石もて追われるのだ
堕落するのは人間の勝手な都合だ

へびを売って神様を裏切った
人間の舌のほうがはるかに気味が悪い
銃弾より恐ろしい憎悪を吐き出すのだから。

へーび、
目玉まで凍えるほど寒い月夜なら
おごり高ぶった先祖の風俗に習って
はなやかなへび踊り、長い交尾を終えて
アラビア砂漠の歌、笛を吹くのか。

賢く冷酷になれかし、へーび、
強固な運命の首輪を噛みちぎれよ
血しぶきが飛び散るあの日に
もう一度
イブとアダムを堕落させよ。

揺れること

揺れて
左右に揺れて
適当なところで重心を取る

真っ直ぐになるために
倒れないために
適当なところに立って
手と足を動かす
動きながら揺れながら真っ直ぐ立つ。

均衡を取るということ

中心に重みをおくということ
それは的中するための
新しい挑戦の姿勢だ。

目の前に
グルグル回りつつ近づく
数多の時間の渦巻があり
わたしを倒そうとする
あらゆる掛け声と誘惑の手があり

揺れて
揺れて
しかし元のところに
戻ってきて、

わたしはお前と均衡を取る
ほどほどの距離を置いて
わたしはお前と向かい合う。

揺れながら帰ってくるバスの中から
せわしく変わる横断歩道の
赤信号と青信号の中から

わたしは再び重心を取る
元のところに
真っ直ぐ真っ直ぐ立って
初めてわたしはお前を愛するのだ。

約束時間

約束時間を
一度も破れなかったことが
わたしをこんなにも小さく縮めてしまった。

三〇分でも
一時間でも、遅れて現れてこそ
わたしは強者なのではなかろうか。

あくせくと
時計の短針と長針の間を往来しながら
わたしは弱小民族の誠実性だけを学んだ。

一度も借金を踏み倒すことができず
ただ一度も人の愛を盗むことができず
わたしは操心*と小心の間を往来しながら
自分の穴だけを守る義務のみを意識した。

老いぼれの高利をけ倒し
彼女との約束時間を三〇分破り
今日はネクタイを斜めに結んでやれ。

わたしの手足を左右に縛りつけ
投げてよこす餌で飼い慣らし
わたしを操縦する
この　腹黒い老いぼれよ

わたしはいつか

お前の高利の金を踏み倒そう
いつか、かならずやいつか、
お前のあご鬚を全部抜いてやろう。

＊「操心」は著者の造語。「気づかい」「心くばり」というほどの意味。

プロメテウスの独白

鎖から放たれた、でもわたしは楽しくない
わたしを縛る鎖、わたしの胸を割く刃、
わたしの生き胆をついばむ鷲の口ばし、
わたしは耐えつづけて戦ったのだ。
それでも力を失うことなく

抵抗は創造のもうひとつのエネルギー
ゼウスの独裁に抗ったのだ。
しかし今は解放された両手
自分の無駄な自由を導いて
人間の裏切りが溢れる裏町を
とぼとぼ歩きながらわたしは嘆く。自由とはもう一つの制約だ、
制約の中にいるときこそわたしはお前を知る
自由を虚しく求めるな、戦いの中に
いるときこそ
あげて自由は生のエネルギーとなる
手錠よ、もう一度わたしの手を縛れ
鷲よ、もう一度わたしの肝をついばめ
釈放されたプロメテウスは裏町をうろつきながら
自由はもう一つの制約、空中に
漂う観念の幻影に過ぎないと叫んでいる

一塊のパンの歯ごたえ、腸の
中に溜まる
一杯の喉の渇きにしかず
と叫んでいる。

秋の夜の風刺

片恋をした人は
秋の夜の性質をよく知っている。
征服の快感を知らない人は
愛はあたえることではなく
愛も殺したり奪ったりする行為であり

甘い愛撫とキスが
もう一つの兵器だとは知らない。

愛はあたえられるより
あたえる方がもっと幸せだと
もったいぶって道徳的装飾をしながら
イブとアダムは
善悪の知識の果実を盗み食いしたけれど
神様にはなれず、気がついたら恋人になっていた。

一生一人の男性に仕えることも
大きな悲劇だと
ミセス金[*]は自信ありげに語ったが、
秋の夜は恋人をアンチャン、ネーチャンに変える。

女房の秋夜は長いけれど、
恋人たちの夜は短くて甘くて
アンチャン、ネーチャンたちの秋夜は熱くておっかない。

恋人たちは別れを恐れるが、
アンチャン、ネーチャンは別れなど気にしない。
幸せなアンチャン、ネーチャンの秋夜は更けていくが
アダムとイブは
イチジクの実をみんな食べつくしてしまった
すっかり証拠も隠滅して
いつの間にか恋人たちはアンチャン、ネーチャンになった。

＊韓国語で「ミセス金」というと、ふつうの既婚女性、近所のおばさんといった語感がある。

大蛇

澱んだ淵にひそみ
いつか竜になろうと
最後の機会を狙っている
醜悪で陰険なオポチュニスト

さればこそ、なれの名は竜ではなく大蛇である。

四季を通じて河底に体を伏せて
長い白日夢に酔いしれて
汝、千年の如意珠を夢見る醜悪な大蛇よ。

竜はどこにもいない
見た人も背中に乗った人もいない。

竜は空虚で観念で偽りの象徴だ
竜を夢見ているうちに汝は汝を失っていく。

千年待とうが万年待とうが
大蛇は大蛇、決して汝は竜ではない
長い偽りの竜の夢から覚めよ
河を離れて天に駆けのぼるという
虚しい偽りの白日夢を棄てよ。

この世のどこに行っても如意珠はなく
昇天する虹も五色の曇もない
淵の泥の中、お前の寝床
力の抜けた小さいたてがみでも立てて
偽りの竜の夢をこなごなに壊してしまうがよい

不細工なミミズや幼虫と共に
河に星が出た夜
不細工であれば不細工なまま
お前の姿、お前の歌で
再び淵の濁流の中に大蛇として生まれ変われ。

＊如意珠　仏教でどんな願いもかなえるといわれる宝珠。如意宝珠とも。

老いたる妻の入れ歯

洗面台に置かれた入れ歯を見て
わたし、びっくり仰天、大慌て

それが妻のものとわかって
わたし、もっと驚きました

孫が三人
妻はおばあちゃんになって久しいが
知らなかった
まさか毎朝入れ歯を入れているとは

三三年前に結婚してから
四人の子どもを育ててきて
髪は白く歯は抜けて
とうとう妻は入れ歯でご飯を食べるようになった

結婚したとき、二〇代半ばの妻はわたしに
春香《チュニャン》の後ろ姿みたいな花の娘だった

いまは入れ歯、そして皺
思い出だけ残っている
髪の毛も減った
でも半白の髪に、愛は残っている

わたし自身、二本の歯を差し歯にした
その日の朝
この新事実に出会った
わたしは、咄嗟に後ろ向きになり
妻の入れ歯を手に隠しました
見てならぬものを見たとばかり
目をつぶりましたよ

＊春香（チュニャン）　李氏朝鮮時代の説話『春香伝』に出てくる女主人公。妓生《キーセン》の娘。南原府使の息子・李夢龍《イモンニョン》は春香を見て一目惚れする。妓生の娘と両班の息子が身分を越えた恋におちる。

明け方のチャイコフスキー

明け方に目覚めて　ひとり聞く
チャイコフスキー「悲愴」
バイオリンの細い弦に
突き刺すごとく震える　アレグロ
僕の孤独な魂も　その後について泣く
明け方に外では　パラパラと
霰が降り
ああ、かそけき命よ
寂しい咳をして、寝返りをうつとき
曲は第二楽章に変わっている。
世の中はいかに冷たく、侘しいことか
世の中はいかに恐ろしく、孤独なことか

愛する人の手もなく
雪降るこの明け方に
ひとり聴くチャイコフスキー
僕もちっちゃなコオロギのように泣く。
生きることは音楽より
いかに痛く辛い泣き声だろう
寂しさに耐えず、身を横向きにすれば
ああ、咳の音よ
咳の音よ。

苦味

香りの中でもっとも優れた香り！

味の中でもっとも優れた味！
苦味。苦味はわたしの舌に染み込んで
五臟六腑を戦慄させる味の中の味！

甘みは腐って消える
どんな強い香りも感覚がなれたら
なきに等しくなる
色がまぶしくて目が
あけられない。　そんなとき
苦味よ、苦味は舌を覚醒し、魂を目覚めさせ
そして麻痺した鼻に毒針を刺して
忘れていたあらゆる味覚を取りもどしてくれる。

だれが人生を苦いとか甘いとかいうのか
苦味の中に醍醐味を知って

自ら甘みを拒否するとき
苦味よ、お前は良き友のようにわたしに近づいて
麻痺した愛の香りを悟らせてくれる。

恋人の唇から
甘い蜂蜜の味を盗もうとする
愚かものよ、苦が味から
ついに知られる究極の味！
苦味から蘇る本当の
愛の味よ。

老人の余談

あの男に思い出らしいものは残っていない。
ある男の寂しさが
ある女の子宮の中に
間違って排泄した事件が誕生日を決めたとすれば
老人にとって、自分の誕生は偶然おこった過ちなのだ。

その日のロマンスは偶然だった
ある男はある女の腹の上で
初休暇の孤独を確認して
精虫たちの旅と闘争
かくしてその男の誕生の根拠ができた
その 精虫のあるじがわたしの父だなんて

老人の日記帳の上には嘔吐の日課が
展開されている。

都市の裏通りにあるゴミ箱の横で見た
腸がはみ出したネズミの死骸
神様が参与していない
みずぼらしいネズミの死骸に
いつか地球から消える自分の命を見る。

愛！　ひとりの女とひとりの男の、最後の絶望の言語
男は女の膣の中に入って
自分の孤独を確認して死んだ
鉛の塊のような孤独を抱いて
先輩の、ボードレール兄貴は
黒人の混血女、ジャンヌ・デュヴァルの子宮の中で

自己誕生の返納を絶叫した。

老人は今夜も
ゴミ箱の横で
星のような悲しみを続けざまに吐き出している。

僕は秋がきらいだ

農夫は、秋の穀物買い入れ量に不満をつのらせ
詩人はよい詩を書こうとして眠れなくなり
うんうん唸り
大学生は就職のために気もそぞろ
恋人たちは恋愛と結婚の間で彷徨うことになり

僕は夜ごと寝つけず孤独を感じることになり
ともかく僕は秋がきらいだ。

落ち葉の一葉から天下の秋を聞く　しかし
僕は森の中に分け入って落ち葉を踏む暇がなく
この秋も世の人心は洶洶《きょうきょう》として、心惹かれるものなどなく
歓喜の愛も物狂おしい懐旧も
ないようで
五九歳になるこの秋も
得るものより失うもののほうが多そうで
五〇代最後となる危険な五九歳
ともかく僕は秋がきらいだ。

跪いて手を合わせる敬虔な祈りは慣れていないし
ロマンスグレーを云々する廉恥心も資格もないし

ひと財産つくる奇跡も財運もないようで
心より肉体に先に来る今年の秋

昨年より白髪が二倍も増えたらしく
ともかくも僕は秋がきらいだ。

この秋も嘘ばかりつく人たちの世の中だ
高官の職も艶福も財運も、みんな彼らのものだ
秋が過ぎても奇抜なアイデアひとつ
浮ぶでなし

この秋も僕は夢見ない、祈らない
僕の苦悩と彷徨はこれからも続き
僕は何も愛さない、待たない

落ち葉が散っても僕は森の中に入らない
菊が咲いてもシモーヌ*に手紙を書かない
わけもなく泣きたくなる秋
夜ごとにうっかりミスをする秋
でたらめな世の中にへつらいや要領もなく悪口ばかり増える秋
喧嘩より余計な思い出だけが浮んで眠れない秋

ともかく僕は秋がきらいだ。

ああ、秋がきらいだ。

*シモーヌ　フランスの詩人、レミ・ド・グールモンの詩「落ち葉」で、「シモーヌ、あなたは好きか、落葉踏む足音が?」という一節が繰り返される。

秋の旅

秋の朝、ふと
ハンカチ一枚だけ持って旅に出る
何の準備もなく旅に出るのが
これほど胸騒ぎするのは何故だろうか。

知らない顔たちの間からキョロキョロ見渡しながら
追われていく人の如く悲しさを抱いて
次の列車を待って改札口に立つと
さすがに漂う人生悲壮の感、
だれにも別れを告げていないが
わたしの切ない心は虚空に泣く。

人間の孤独な生よ、次々にやってくる
あらゆる出来事、妻と子どもと
弟子と職場の同僚と多くの親戚ら、
その人たちのまなざしはむしろ善良だが、
いま私が持っている切手の上には
遺言のように悲しい明日の里程標をたてよう。

二度と戻れない道であっても
後悔するな、秋の風は瀟々としてものさびしく
わたしの血に混ざった放浪虫は
はるかな空の白雲を手招きする。

出立をうながすこの季節のコスモスよ、
お前までが放浪に誘う朝、
詩を棄てられないのも本当にひとつの刑罰なので

一張羅を着て出るこの朝にも
私の目的地は未だに決まっていない。

無心草

私はあなたの家の前で
用心深くのぞいて
そのままくるりと背を向ける。

私は私になったことを
いくたび後悔したことか。
未だに私は私が分からない
季節が更地にして立ち去った土地

垣根の外でうろついて帰る。

口笛を吹こうか、
歌を歌おうか、
今日も門の外に立って
狂おしくも美しい夕焼けを見る。

＊無心草　和名はハハコグサ

無等山

山に登る
いくたび登ろうとも

登りつくせぬ山
無等山
山を抱く
みはるかす大空の果てに
両腕をひろげて抱こうとしても
抱き取ることのできぬ山
無等山

いくたび呼びかけても
いかに真心をつくし、
叫びと嗚咽をささげても
遂に知り尽くすことのかなわぬ山
無等山は平等と自由
四方にあまねく開かれた
大道無門の大なる徳の山だ。

その所在を聞かれたら
わたしは知らないと言おう
その高さを聞かれたら
やはり知らないと答えよう。

光州を愛する
すべての人の胸に
偉大なる光となって
そびえたつ見えざる峰
南をみてもそこにあり、北をむいてもそこにある
この国の、善良なる人びとのこころに
ツツジの美しい恋情を映し
歴史の河水となって

滔滔と流れる民衆の山
十年間流した血涙も、まだ足りず
四六年間へた生離別も、まだ終わらず
怨恨はますます深く、重く傷ついた胸より
もの言わず身を伏せて、人知れず
　泣いてきた痛哭の山

だれが
無等山に登り切れるといえるか？
登っても登っても登り切れない
　その高みから
抱いても抱いても抱き切れない
　その懐から
一千年のあいだ閉ざした灰色の暗闇を裂いて
いましも一羽の火の鳥が翼を広げる。

自由をめざして

＊無等山（ムドゥンサン）　光州を象徴する山。光州市とその近辺の和順郡、潭陽郡にまたがる。標高一一八七メートル。二〇一二年国立公園に指定された。

糞を踏むこと

道を歩いていると
偶然に糞を踏むことがある。
そのときの気持ち悪さ、
その瞬間の当惑感ときたら。

起こってしまった出来事の前で
この汚れを消すのに困るのだ。

昨夜、犬やよそ者たちが
ブリッとひり出した糞。

わなや落とし穴を避けて
よりによって糞を踏んでしまう。

あちこちにぬかるみがある
難儀な世の中の道で
お前とわたしの出会い
今日のこの疎ましい気分をどうしてくれる。

糞を踏んだというより

糞を食べた気分。

さて友よ、悪臭よ、
今日の糞泥道で
汚れてしまった手を、君はどうする？

白骨礼賛

命よりもっと大切な
わたしの祖国、わたしの故郷
あの香ばしい土の中に埋もれて
日増しに綺麗になる
この美しい白骨を見ろ

輝くどんな花よりまぶしい
目を開けてみるだけでめまいがする
この綺麗で清潔な沈黙を見ろ

生きた人びとは変節して
肉体の痛みに負けて屈服するときでも
白骨は不変の姿で
腐り、あの香りは日増しに深くなる

名前がなくてもよい
名誉と勲章はむしろ余計な装飾
青い苔さえ誇らしげに秘めて
自分が愛した故郷の懐に抱かれて
二坪の墓地さえなくてよかった。

モグラが食い、残るべきものだけが残った白く綺麗な白骨
千言万語の証言の代わりに
この一片の骨と頭蓋骨が
わたしたちが呼吸する大地と空ではないか。

二六年間
谷間で泣き叫びながら去った雷鳴と落雷の中で
露に拭かれ風になでられ
花びらで洗われ星明りで囁かれながら
日増しに綺麗になっていく遺体を見ろ

満開のツツジが絹となり
稜線をなでる風が家となり
冴えざえと輝く月の夜には身をよじってすすり泣く

おお、冷たくなった身もだえがまばゆい
墓さえ拒むまばゆい白骨よ

希望の歌

氷の下でも
魚は泳ぎ
吹雪の中でも
梅はつぼみを膨らませる

絶望の中でも
生きんとするものは希望を探し
砂漠の痛苦の中でも

ひとはオアシスの陰を求める

雪覆う冬の畝間にも
麦は根を伸ばし
凍てつく大気の下でも
大蒜はその香りを放つ

絶望は希望の母
苦痛は幸福の先達
試練なくて成就は来らず
鍛錬なくして名剣の刃はおきぬ

夢見る者よ　暗闇の中にいて
遠く輝く星明りにより
長い苦行の道を歩み続けよ

人生航路

波高く、
暴風吹きすさび船は揺れても
ひとたび去れば
曇り空から、日はまたのぼる
静かな船路に巡航の明日はかならずや来たる

因縁序説

花が花に向かって咲くように
人と人が愛し合うのは
花のように静かに見つめあうことです。

水を求める根を内に隠したまま
切なさと懐かしさを炎に乗せ
あなたはわたしの哀しい花になり
わたしはあなたの悲しい花になります。

愛は
どこにでも咲いている一輪の草花
その切ないしぐさ
お互いの色と匂いを分かち持って
愛は持ちものをひとつずつ無くしていくことです。

それぞれ別々の因縁の端に立って
涙に濡れた静かな瞳をうつろわせ
風にもきれいに刻まれる胸

愛はお互いの涙の中に濡れていくことです。

人生の往来に切なく咲いた
あなたとわたしの哀切な縁も
イバラの藪やノイバラに混ざって
尽きない懐かしさ

愛はひとつになろうか
いよいよ開かれる胸、赤い夕焼けに燃え上がります

今夜も波は押し寄せ
眠れぬ海辺に砂粒のように砕けて
愛はお互いの胸に寄って静かに死にゆくことなのです。

3

タリョンの調べでうたうタンポポ

文炳蘭は多様な文体を駆使する。韓国の伝統民謡であるタリョン（打令）の調べでうたったり、諧謔のことばできびしい批判をあびせかけたり。そして愛する人に、はにかみながら優しいことばをかけたり……。大勢の人たちに力強く訴えたり……。ちょっとコミカルに。そして、ちょっとはげしく。ときには血を吐くような激烈な言葉で。その詩に、文炳蘭の人柄が多様な色模様で映し出されている。

花屋の前を通って

美しい名前を持つ
美しい花々が並ぶ
花屋の前を通れば
愛する人よ、わたしはいつも
あなたの名前が浮かびます。

本当の懐かしさとは
真紅のバラのように
心から燃え上がる情熱なのでしょうか。

美しい花に見とれていると、ふと
青い空が見えてきます
かなたにまぶしい異国種
アネモネの名前より遠くに
あなたの美しい微笑みが咲いては消えます。

だれもが孤独を生きている
渇きの街角で
わたしはあなたの小さな微笑みを求めて
切なく胸を焦がします。

来てください。夕映えの花の道を
小走りで
無数の足跡をつけては消し
春とともに花の香りに乗って
スミレ輝くわたしの愛しの恋人よ！

秋の風景画

秋になると
風景はすべて
音に変わる。

山の峰々は高音部記号
石の間を流れる渓谷の早瀬の音は
ピアニシモ
そよ風はアンダンテ・カンタービレ
ビバーチェやアダージョに燃える紅葉。

秋になると
風景はすべて
楽譜に変わる。

山の峰から
谷間に吹きおろす風の音は
季節をなぐさめる静かなレクイエム
日がな一日、去りゆくもののために
落ち葉は別れのハンカチを振り

告別の「輓章*」をつけた野菊は涙ぐむ。

春と夏が過ぎ
今は秋の楽章が
ロマンスグレーに静かに暮れる時間、
コオロギの鳴き声は
短い休止符の中に隠れ
別れはできるだけ短く、
深更、月はG線上のアリアに浮かぶ。

*輓章　亡くなった人の霊を慰めるため絹織物や紙に追悼の書を書いて旗のように作る。

しゃっくり

いつからか始まったわたしの
変なしゃっくり。

不吉な予感みたいに
いつまでも止まらないで
わたしの息をふさぐ
この不安定なしゃっくり
どうしてそれは止まらないのでしょうか？

民族について話して
愛国について論じて
統一について真摯さを問おうとしたところで

いきなりそれが始まりました。
いちばん重要な瞬間に
わたしの五分間演説のクライマックスに
あの突然の発作は始まりました。

実にすまないことに、
実に奇怪至極なことに
あの不吉なしゃっくりは止まりませんでした。

わたしの愛国論も民族論も
あの真剣な統一論も中断され
わたしの五分間の演説は終わりました
するとわたしの発作はおさまってしまった。

君よ

名古屋で見つける化石・石材ガイド
西本昌司
地下街のアンモナイト、赤いガーネットが埋まる床……世界や日本各地からやってきた石材には、地球や街の歴史が秘められている。
1600円＋税

ぶらり東海・中部の地学たび
森 勇一／田口一男
災害列島日本の歴史や、城石垣を地質学や岩石学の立場から読み解くことで、観光地や自然景観を〈大地の営み〉の視点で探究する入門書。
2000円＋税

名古屋発 日帰りさんぽ
溝口常俊 編著
懐かしい風景に出会うまち歩きや、公園を起点にするディープな歴史散策、鉄道途中下車の旅など、歴史と地理に詳しい執筆者たちが勧める日帰り旅。
1600円＋税

近鉄駅ものがたり
福原トシヒロ 編著
駅は単なる乗り換えの場所ではなく、地域の歴史や文化への入口だ。そこには人々の営みが息づいている。元近鉄名物広報マンがご案内！
1600円＋税

愛知の駅ものがたり
藤井 建
数々の写真や絵図のなかからとっておきの1枚引き出し、その絵解きをとおして、知られざる愛知の鉄道史を掘り起こした歴史ガイドブック。
1600円＋税

伊勢西国三十三所観音巡礼 千種清美
◉もう一つのお伊勢参り
伊勢神宮を参拝した後に北上し、三重県桑名の多度大社周辺まで、39寺をめぐる初めてのガイドブック。ゆかりの寺を巡る、新たなお伊勢参りを提案！
1600円＋税

名古屋から消えたまぼろしの川と池
前田栄作
今はなき水辺の面影を求めて——。ビルの建ち並ぶ繁華街や多くの自動車が行き交う道路にも、かつては長閑な田園が広がり、水を湛えた川や池があった。
1700円＋税

古地図で楽しむ駿河・遠江
加藤理文 編著
古代寺院、戦国武将の足跡、近世の城とまち、災害の爪痕、戦争遺跡、懐かしの軽便鉄道……。
1600円＋税

古地図で楽しむ三重
目崎茂和 編著
江戸の曼荼羅図から幕末の英国海軍測量図、「大正の広重」吉田初三郎の鳥瞰図…多彩な三重の姿。
1600円＋税

岐阜地図さんぽ
今井春昭 編著
観光名所の今昔、消えた建物、盛り場の変遷、飛山濃水の文学と歴史……地図に隠れた岐阜。
1600円＋税

古地図で楽しむ岐阜　美濃・飛騨
美濃飛騨古地図同攷会／伊藤安男 監修
多彩な鳥瞰図、地形図、絵図などをもとに、地形や地名、人々の営みの変遷をたどる。
1600円＋税

明治・大正・昭和　名古屋地図さんぽ
溝口常俊 監修
廃線跡から地形の変遷、戦争の爪痕、自然災害など、地図に刻まれた名古屋の歴史秘話を紹介。
1700円＋税

古地図で楽しむなごや今昔
溝口常俊 編著
絵図や地形図を頼りに街へ。人の営み、風景の痕跡をたどると、積み重なる時の厚みが見えてくる。
1700円＋税

古地図で楽しむ尾張
溝口常俊 編著
地図をベースに「みる・よむ・あるく」――尾張謎解き散歩の勧め。ディープな歴史探索のお供に。
1600円＋税

古地図で楽しむ三河
松岡敬二 編著
地域ごとの大地の記録や、古文書、古地図、古絵図に描かれている情報を読み取る。
1600円＋税

古地図で楽しむ近江
中井 均 編著
日本最大の淡水湖、琵琶湖を有し、様々な街道を通して東西文化の交錯点になってきた近江。
1600円＋税

地図で楽しむ京都の近代
上杉和央／加藤政洋 編著
地形図から透かし見る前近代の痕跡、あったかもしれない景観、80年前の盛り場マップ探検。
1600円＋税

古地図で楽しむ金沢
本康宏史 編著
加賀百万石だけではない、ユニークな歴史都市・金沢の知られざる姿を読み解く。
1600円＋税

君は、もっと積極的になれないのか
咳ばらいをして声を整えて
第一章第一節から始まる
君の講演、
糖尿病患者の寂しい排泄を考えてもみなさい。

そうだ！そうだ！
国会へ送ろう
われらの代表を送ろう
どこからか盛大な拍手の音が聞こえるが
わたしの喉まで塞いで
未だに止まらない不思議なしゃっくり
一体この不協和音は何なのでしょうか。

わたしは憲法第一条を思い出しながら

わたしは寂しい祖国賛歌を歌いながら
しきりにしゃっくりを続けるのでありました。

夜の雨
―老けること・109

毎夜、窓の外に
なにものかが忍び足でやってくる
門の外で咳払いし
わたしを呼ぶ。
「だれか?」　されど、人は見えず
窓を開ければ暗黒の空から

降る雨が街灯のなかで
銀灰色の糸になる

窓を閉めて
目をつむり眠りを誘う
「すみません！」　幻聴だろうか
また、だれかが私を呼ぶ
また窓際に行って
じっと耳を傾ける

こんな夜中に、だれだろうか
失われた愛にむせび泣いている

こわれた雨どいをつたって
雨水の落ちる音

雨だれの音
わたしの胸中に遠い闇がひろがる。

諦めろというのか
忘れろというのか
じっと身をちぢめていろというのか
いつしか雨はどしゃ降りになっている。
　ざあざあざあ……
　ざあざあざあ……

　ハムレットが明洞にやって来た

かのシェイクスピアの

その名も高きハムレットが
デンマークの古城より
本日ただいま　その舞台を
韓国の首府ソウルは明洞の居酒屋に移した

かの名せりふ
生きるべきか死ぬべきか、それが問題だ
主人公が死ぬのは第五幕だ
ＩＭＦ、構造改革の押し切り刃の下で。
君の英語力は何点なのか？
英語不得手な韓国のハムレットは
翻訳版の脚本の上で嘆いているぞ
フェミニズムの未来のために
コーヒーカップに虚無を混ぜて飲む

舌を切られた分断国家の詩人は
木馬に乗って去った淑女に思いをはせる
さてきょうの演技はいかに
ポストモダニズムか、新自由主義か
はたまた国籍不明の名演技か、
いやいやそれは、狂ったふりをしなければならない病だ

頭には改革の帽子
腹にはふんぷんたる臭気
こなたは「親ばか党」
かしこは「愚鈍党」
生きるべきか死ぬべきか
百年つづいた物真似の歳月のはてに
ハムレットはセリフを忘れて
うんうん唸り声を上げている

性（Sex）
―家族と性問題相談所開所式の祝詩

1

もって生まれた本性だから性は純粋
神の摂理だから性は存在そのもの
アダムとイブの欲望だから性は原罪

性は美しくて神秘的だ
性は至高至純の尊厳をあらわす
性は苦悩と思いの燃焼だ

近づけばその神秘は壊れ

離れればその本性は歪み
溺れればその罪に染まる

近いが
分別のあるところで真の性
道徳の保護を受けても
道徳とはかかわりないところで正しい性

性は性のためにあるのではなく
性は真の愛のためにあるものだ
咲く花に香りはあふれ、蜂と蝶を呼ぶ
落ちる花に美しい実りは未来を約束する

性はお互いに分かち合うことだ
性は愛の和音だ

性は生命の交響だ

2

神殿で盗んだイブのりんごは
アダムの心に愛の炎を燃やし
妊娠の苦痛は
可愛い長女の美しい微笑に
孫のおちんちんは刑罰を祝福に変えるのだ。

新婚の褥は、もう一つのエデンの園だ
ためらうな、君の手に握られた鍵は
闇の中でも極彩色の天国を開くだろう。

愛の結合は日増しに熱をます

恋人は細君になり
やがて細君はお母さんになり
ついには慈悲深いおばあさんの懐に
頼もしい孫は神聖な労働の歴史を積む。

3

性は正しい性情なので道徳の性
性は一夫一妻なので家庭の性
性は唯一無二の真理なので生命の性

性は恋人と共に神秘的になれ
性は細君と共に貞淑になれ
性はお母さんと共に崇高になれ

＊一九九〇年代、女性に対する暴力の根絶をめざして、全国各地に相談所が設立された。光州でも光州女性会によって「家族と性問題相談所」が設立された。

ある祝詩
──若い恋人たちのための愛のカンツォーネ

人間は
サタンと神様の間で
互い違いに試練を与えられる中間者

この瞬間
お祝いの席にも
悪魔は花束を持って立っている。

愛は
賢明と愚鈍の間で
見つけ損なった隠し絵のように
知っても知らず、知らずとも知る。

人生は幸福と不幸の間で
危険なブランコに乗った曲芸師
君の片方の足はいつも虚空を踏んでいる。

夢見るものよ、賢いものは騙され、
愚鈍なものは悟る。
華やかな拍手の音の中で
悪魔はからからと笑っているよ

愛、愛、その言葉を
かるはずみに告白するな
人生は長くも短い
難解なパズルゲームだ
君たち、勝っても負け、負けても勝つ
素敵な馬鹿になれ。

松竹頌

松が柳になることはなく
竹が桃になることはない。

吹雪がどんなに吹いても

世界中の花の風が吹きつけても
竹は竹
松は松

その青、その心意気
折れることも変わることもない。

立ち居の場所を選んで座り
襟を正し居住まいを正し

また直して、また考え
言と行が一致するところに
深山幽谷にも蘭の香りは漂う

立春の候、小川の氷が解けたら
古梅の枝ごとに新しい花が笑う。
今日も独り立つ老松
竹と緑を競う。

終着駅で

年をとることは
人生の借りがたまることだ

細君に
子どもに

それから、その昔父母に
積もり積もった借りを背負って
罪人のわたしは終着駅でうろつく。

二度と戻れない道よ
すでに終列車は出てしまった
借りを負うものは過ぎゆく時間を正視できない。その間に
押し流されて着いた終着駅
だれを探しに来たというのか
街灯が舗道のところどころを照らしている

わき目もふらず走ってきた道
わが待つ人の顔は見えず
行く手を塞ぐ赤信号
問いただすべき歴史の前に

わたしはあまりにも遠くまで来てしまった。
神と対決した昨日もあった。そのときの希望も
わたしに残された最後のもの　肉体も
いまやしおれた草葉だ。希望はかなたに
去ってしまったが
女よ、あなたはわたしの杯を
どんな色の涙で満たそうとするか。

汽笛の響きもない終着駅で
使えない昨日の切符を手に
終列車が出てしまったホームで
わたしはひとり別れの手を振る。

ああ、今夜もシジフォスは

その劫火の坂道で
ひととき足を休めて、夜空の星を見上げるのだろうか
その汗も冷えているだろうか

熊川*のエノキ

若々しく素晴らしい色つやの体躯
緑の枝をぐいと伸ばして
南海の青空を抱いて立つ
熊川のエノキ

壬辰倭乱*のとき
李舜臣将軍の老母卞《ベン》氏と

将軍の婦人方氏が
五年間起居したという来歴をたずさえて
歴史が無慮数千の葉となって
まぶしい六月の日差しの下
すらりと伸びた脚を広げて堂々と立つ。

エノキはそのまま
美しい朝鮮の歴史だ
あの日の来歴を秘めて
巨大な象形文字のごとくに両手を広げ
この世のすべての男たち、天下のすべての雄たちを
すっかり飲み込んでもまだ足りぬかのように
天下の日差しをすべて吸い込みながら立っている。

天下の青年たちよ、皆来い

あの豊かな巫女人形の懐を開き
下半身が盛んな倭人たちを部隊ぐるみ飲み込んで
この世の夫と子供たちを次々に率いて
数千、数万の男根をあちこちにぶら下げているような
巨大なげっぷをする壮麗な樹木の豊かな才能を見よ

わが年は六七歳だ
まだ若く見られたい雄として
熱っぽい額で近寄ると、わたしは神がかりになる
神の啓示か。わが体内に
一陣の狂風竜巻が起こり
わが肩先から葉が吹き出て
うごめく下半身は枝がぐんぐん伸びて
南海龍宮の薫香を漂わせて
六月の白昼にまぶしい虹がたちあらわれた。

ああ、さわやかな、踊る熊川の巫女人形の木
輝かしい歴史の有機体よ。

＊熊川　現麗水市熊川洞ソンヒョン里。豊臣秀吉の朝鮮出兵（韓国では壬辰倭乱という）のとき、李瞬臣が老母と夫人と三人で五年間起居したところ。

＊壬辰倭乱は一五九二年から一五九八年に、二度にわたる秀吉の朝鮮出兵で繰り広げられた戦争で、一次侵攻は壬辰倭乱（文禄の役）、二次侵攻は丁酉再乱（慶長の役）という。壬辰倭乱というときには丁酉再乱までを指していうことが多い。文禄・慶長の役で活躍した李瞬臣（イ・シュンシン　一五四五～一五九八）は、李氏朝鮮の将軍の一人で、水軍の司令官として甲板部分を覆って武装した船「亀甲船」を開発し、海戦を得意とする日本勢を撃退した。また補給路を断って日本軍を孤立させた。韓国では英雄である。卞氏は李瞬臣の母親で、草溪卞氏と呼ばれる。壬辰倭乱のとき、会いに来た李瞬臣に対して、「帰れ。国の恥辱を濯げ」といったという話は有名である。息子を愛しながらも家庭教育に厳格だったとされる。方氏は李瞬臣の夫人で、全羅南道寶城郡守方震の娘であった。賢母良妻として夫に尽くした。

タリョンの調べでうたうタンポポ

思い人ある　人の胸には
こころの傷に　タンポポぞ咲く
ひとり夜通し　泣く人あれば
こころの傷に　タンポポぞ咲く

つらく苦しい　タンポポ咲けば
傷口の上に　タンポポ咲けば
消えぬ思いが　しずかに消える
またまた春が　来たれり、なれよ
わたしの嘆き　しずめておくれ

なれとわれとの　宿世のえにし
苦くも甘く　甘くも辛い
こころタンポポ　シンポポ咲かしょ

地獄も遠し　天国も遠し
それより遠いは　わが故郷よ
われらの涙に　根をばひたして
咲かむとすれど　咲くはかなわず
いのち短し　涙は悲し
なれとわれとの　思いをはせて
はせてタンポポ　ハセポポ咲けよ

不治の病人　行く道とても
男やもめが　行く道とても
姉さが嫁に　行く道とても

恋の病に　　　死する道にも
なれとわれとの　シンポポの花
なれとわれとの　ハセポポの花
添い遂げられぬ　ひそかな愛の
苦きニガポポ　　いざ咲かせめや

＊タリョンは「打令」。パンソリのジャンルの一つで、現在はほとんど上演されることはない。タンポポは韓国では親しみのある花で、日本人にとっての野菊にあたるような存在かもしれない。シンポポ、ハセポポ、ニガポポはどれも原文にある造語で、苦心の訳語である。

民謡の調べで歌ってみる自由

民主主義のご時世になったからと、あんまり使いすぎたがために
ボロボロになった　ことばは自由、

自由主義、新自由主義と、次から次へと
ゆがんでつぶれ　踏まれてこわれ
雑巾みたいに　自由はよごれた

わたしも自由を　ぐちゃぐちゃ噛んだが
いまでは済まなく　思ってはいる。　そうさお前を
勝手に愛し、片想いして、
姦淫もすれば、暴行もした
女の下着を　かざすみたいに
風の吹くまま　気のむくままに　旗にもしたし、合い言葉にもした
あげくのはては　穴のあいた　ゴム靴みたいに　なってしまった
自由よ、じ・ゆ・う

百年前に　六堂・崔南善《チェナムソン》が　唱歌の調で　うたったときが　うたい初めなのか
はじらう乙女の　ような心が　血塗られた旗に　くくりつけられ

愛し哀しい　恋人なのか　娼婦のように　みえたこともある
人はてんでに　お前を噛むが　まるでガムでも　噛むように噛む
自由よ自由　じ・ゆ・うよ　じ・ゆ・う　今日もお前を　呼ぶ声がする

いまさらながら　ふり顧みれば　美しいお前は
一九歳の　少女の純情
きょうもきょうとて　落花流水　国会議事堂　広場に行けば
きみやわたしの　熱い血潮が　落花模様に　ひらひらと散る
酒場の焼酎に　酔いしれたらば　なんとも甘く　見えてたまらぬ
臭気を発する　エイの性器よ。綾巻き棒に　叩かれながら
自由よ自由、わたしの愛よ、お前の歌を　うたうぞわれは。

＊崔南善（チェ・ナムソン　一八九〇～一九五七）近代朝鮮の思想家・事業家。新体詩の詩形式を確立した。若いころ朝鮮独立のために活動したが、のちに日本に協力したため評価については毀誉褒貶がある。号は六堂。

梅の恋風

屏風の中の梅が
色目をつかっています。

高邁な画伯が
ちびた筆先でぐっと押して
俗気をそっと抑えておいたのに
今年の春、いい年寄りになって
いまごろ色目をつかうとは。

わざと蝶を描かなかった老画伯は
墨を濃く磨ればよかったと後悔した。

梅よ、梅よ
桃色の手足の爪、綺麗に隠して
まどろむような目をうっすら開けて
この春に屏風の中からそっと覗いて
春香《チュニャン》＊の歩き方で颯爽と出ておいで。

下着も綺麗にアイロンをかけて
髪も梳かして軽々と
お化粧もキレイキレイにして

十二双の屏風の中を曲がって曲がって
春風に乗って、花風に乗って
この春に出ておいで。そうしたら、いっしょに
花見と洒落ようじゃないか。

ほろ酔い機嫌の老画伯はにっこりと
ちびた筆を握りなおして
梅のキレイな臍の下に
濃い墨で仕上げの点を打った。

＊春香（チュニャン）　前出。

4

一九八〇年五月光州

一九八〇年五月一八日は、光州の人びとにとって、いや韓国のすべての人びとにとって、希望をともしつづけるべき誓いの日になった。つらい、きびしい、しかし崇高なたたかいが、その日からはじまった。その日以来、文炳蘭は民主と統一の誓いをくり返しくり返しうたいつづけた。韓国のことばに「ソンビ」ということばがある。気高い、無私の、在野の精神をあらわすことばである。文炳蘭はソンビの人であった。

七十本のバラの花束

七十回目の誕生日を迎えた
わたしの糟糠の妻
はなやかに美しい三色のバラ七十本
わたしの心をまるごと添えてプレゼントする。

しかし、一回ゴクリとつばを飲み込んで
にっこり笑いながら私を見上げる目
しわの刻まれたその顔、新妻のときのあの姿は
いまお婆さんになって、面影もないが
それでも現金が好きよと、美しい妓生のように笑うので
わたしの小遣いを分けて、ちいさい封筒に用意したのであった。

お婆さんは、現金という言葉に、残念ながら縁がなかった
振り返れば苦労ばかり多い人生だった
あの日の恋人は、いまは白髪頭の禿げ頭
あの日の春香《チュニャン》は白い姿で顔をそむけ、さりげなく入れ歯を隠す。

息子よ、娘よ、バラよりずっと大切な花はお前たちだ
子どもは育つことがなによりの親孝行
かちえた名声もなく　蔵の中に蓄えもなくても

息子や娘の前に笑いの花は咲く。

古希のためのメモ

ここにある一輪の花は
赤くて短い十日の命だが
花は咲くときより
散るときのほうが美しい

咲く花に託した心と
散る花に涙ぐむ実りと
誓いよりも長いのは愛

いつまでも咲こうとするな
赤々と燃え上がろうとするな

かなたに置かれた人生の分かれ道を
「いいえ」と「はい」が塞いでいる

「何如歌」*を歌おうか
「丹心歌」*を歌おうか
仏様は微笑んでいる

愛よ、私に道を聞く愛よ！
色は衰え香りは腐る
止まってから動く時間の前に
この日古希のためのメモをする

人間はけっして負けない
ただ死ぬのみだ*
その朝、招かざる客が
歳月の隣の門に来て戸を叩く

＊李氏朝鮮の建国のとき、李芳遠（太宗）が重臣の鄭夢周を味方に誘ってつくった歌。
＊「何如歌」の返しとして鄭夢周が自分は決して変節しないと答えた歌。
＊原註　ヘミングウェイ『老人と海』に出てくる言葉。

六人のひと

六人のひとたちか、はたまた六人のお歴々と申しあげるべきか
円卓を囲み

おごそかなる面持ちで座していらっしゃる。

露氏、米氏、中氏、日氏、南氏、北氏
その血統も、族譜も分明ならず
侃々諤々、侃々諤々、
その中の二人がもめごとの当事者で
ほかの四人は立会人として付き添っている。

生きるか死ぬかの生存権の前で
食うか食われるかの危機の前で

黄色いトウモロコシの皮を剥ぐ音
上着も脱げ、ズボンも脱げ
だめだ、だめだ。ズボンも脱げ
一人は両目を血走らせて

凄んでみせる

いちばん情けないのは、あのおべっか使いのお調子者だ
それにしても呉越同舟、六人の思いは別々だ

六人のやつか、はたまた六人のお歴々というべきか
片手に精肉、片手に包丁
美しい人と美しい山河
韓半島の辺りに並んで座していらっしゃる。

智異山恋風

智異山*

遠くから眺めると観音菩薩のお姿のようだが
あの山裾のモーテルに泊まったら
糟糠の妻が初夜に着た十二幅のチマ*みたいな山。

今日は
綺麗に顔を洗った処女のような姿で
わたしの過去の童貞に触りながら
老いらくの浮気をなさいませと誘う。
サンシュユの花静々と、パルチザン娘なりの事情があるのだろう。

仲睦まじい夫婦のように
布団舞うあの夜がなくても
昔話に、淫蕩な雍女*は九人の旦那を持ったという
僕は精力絶倫のピョンガンセ*みたいな好色男を夢見るが
さても一人じゃ眠れぬモーテルよ

老姑壇*の峯に月がぽっかり出たら
どんなにかよかろうに。

千峰万渓
次から次へと息子と娘を産んだ女
歴史の裏のそのまた裏で
義士も烈士も偉丈夫も、美男美女さえたくさん産んで
ピョンガンセ、女のヒモ、犬潜りでも
月がのぼったら天王峰の麻姑仙女*さまに縁結びをお願いし
この夜に智異山よ、僕はお前に告白しよう
ふんわり羽ばたく青山踊り、相思踊り、ふわふわ

＊智異山は韓国南部を代表する山で、全羅南道・全羅北道・慶尚南道にまたがる。智異山国立公園に指定されている。
＊十二幅のチマは花嫁が結婚初夜に着る美しいチマ。
＊雍女は朝鮮の伝統的民俗芸能に登場する好色な女主人公で、ピョンガンセは同じ物語に出てくる好色男。

＊老姑壇は智異山の西にある海抜一五〇七メートルの山。
＊麻姑仙女　中国の神話に登場する仙女。十八、九歳の若い女性の姿をしている。

偽者が本物に

君、本物よ、たったひとり偉そうな顔して
一握りのしわに人生を圧縮して
お前だけが真実だともったいぶるが
本物よ、君の権威など俺の前では単なる仮面だ
本物は元々偽者から生まれたもので
偽者はもう一つの本物だ
お前を騙すのは手のひらの裏表をひっくり返すより易しいぞ
俺は偽者だが、あまりにも本物そっくりだ

行く先々で拍手と花束が賑やかしくお出迎え
曲り道を曲がるごとに花びらをまき、
ばら色の未来も、金も、女も、名誉も、次から次へと列をなす
君、本物よ、顔をしかめて座り
一杯の酒をそっと良薬として勧める。
この夜が明けるまで俺は踊る男だ
本物そっくりで本物にまさる色
俺の腕が輝くところに歴史はつくられる
元々本物と偽者は運命の双子だ
人生は偽者に始まって本物に終わるか。
本物に始まって偽物に終わるか。
偽者に追い出された本物が一人さめざめ涙する春夜
ほととぎすだけが花の枝の間で悲しく泣く
詩人よ、聞くが、君の詩は本物か
それとも偽物か。

自販機

簡易公園に設置された自販機が
わたしのコイン三〇〇ウォンを奪おうと
ひそかに誘惑しています。

オーナーはだれだろう、
顔のないマダムを思い浮かべながら
自販機の穴に
一金三〇〇ウォン也を押し入れます。

空から落ちる紙コップ
機械の内臓からドクドクこぼれ出る

文明の排泄物
民主国民の矜持で
春の日の午後の
すっぱくて渋い自由を飲みます。

紙コップほどの軽さの安価な人生
「花に十日の紅なし」・・・火花が散る日
どこからか飛んでくる花びら一枚
コーヒーカップの上にふんわりと

ふうふう吹きかける舌に
ほろ苦く染みる花びらが
宝くじのようにわたしを騙します。

本

二階九坪の僕の書斎
古本とごみに包まれ

時々訪れる
ゴキブリと一緒に

書きかけの原稿の束
たくさん積み重ねておいて

僕の青春が暮れた部屋
芝山洞の山村。

家内は容赦なく言った
これ以上置くところのない本
棄てたほうがいいでしょう　僕は
死んだら棄てなさいと言って
寂しく笑った。

今年も季節は早い
七〇歳超えて三回目の秋
僕は古本の間に横たわって
秋の草の虫のように更けていく。

あ、寂しさよ
　　寂しさよ
　　　　寂しさよ。

フランソワ・ヴィヨンを読む夜

フランソワ・ヴィヨンを読む夜は
どうにも胃の消化が悪い。

ならずものの遺言詩
うそつきの良心宣言
神様あての手紙の前で
年増の娼婦がうたう歌
さすらい人の悲しき懺悔録の前で
毒薬がわりに飲む生焼酎が胃のなかで沸き立つ。

滅びた東ドイツの革命詩人

ベルトルト・ブレヒトは
若いころナチの監獄でヴィヨンを読んだという
それを知ってわたしはますます、ヴィヨンの忌まわしい詩が怖くなった。

一九九二年八月
ベルリンの壁が崩れ
東ドイツは滅亡していた
ヘーゲルの墓に向かい合うフランソワ・ヴィヨン墓の前に
わたしは五分間黙祷して、哀悼の意を表した。
博士学位をもらった教え子の妻、
大学教授と並んで。

詩は柔らかい舌でつくる
アネモネの花のつぼみだろうか。
梅毒の毒を塗ったバラのとげだろうか、

それともマムシの頭に打ち下ろす石なのだろうか。
フランソワ・ヴィヨンを読む夜
突然、年増の娼婦が現われ
大声を張り上げる。
世の中の不細工な男たちよ
お前たち、皆、おらのあそこに入ってこい。
お前らみんな、ひと息で飲み込んでやるぞ。

二万ドルの高所得より小さな希望を
　　――新年に際して

希望は明日があると教えるが

絶望は明日がないとささやく
一獲千金の打ち出の小槌だと？
一獲千金の悪魔に油断めさるなよ

金、金、万事金……
金になるのが文化だと
金をつくるのが文化だと
すべてが市場論理だと、付加価値だと
ひとつ覚えよろしく叫びたてる指導者たちよ。

金は人を堕落させる
ユダは銀十両に良心を売った
豚は真理より汚水を選ぶ
いま、韓半島は危機脱出の二五時
二万ドルの高所得などというコテコテの青写真より

絶望しながらも絶望しない小さな希望を
持てよ！

たとえ過ぎ去った歴史は痛苦であっても
克服せば、未来の跳躍台となる
覚えておけ、民衆は荒波の中でも
戦争の恐怖と死を退けて
絶望のただ中にあっても、灰色の曇りの日に閉ざされても
どんな不幸な人間にも、希望という第二のたましいはある。

きょう地球が滅びるとも
一株のりんごの木を植えようと語った
偉大なる哲人の教えに耳を傾けよう
黄金より大切なのは小さな夢だ
タマネギをトラックいっぱいに積んで行って

息子の学費をつくってきた父の夢が
息子の胸に希望の炎をともしたのではなかったか。

韓半島二五時、いま私たちは
ちっぽけなウサギではない
漆黒の闇で吠える白頭山の虎だ
わがKoreaよ、東方の灯よ、大いなる花を
咲かせよ

糞犬たち
——糞犬たちのための寂しい頌歌

犬が吠えるたびに

振り返っていたら
君、目的地に着く前に
日が暮れるぞ。—イギリスのことわざ

まさしくそうだ、本当だ
日がなぶらぶらしている者たち
その貧しい舌のために
だれかれなしに吠えたてる
わけても、黄ばんだ歯をみせてうなる
路地に獣のにおいがたちこめる。

わなが必要か
包丁を準備しようか
血統書なき
犬肉スープ（補身湯）の材料が

あちこちで
ワンワンなきながら、爪を立てる。

君は不動産屋と
権力の座の間に立って
あの会心の微笑をふりまく
悪魔は二万ドルの高所得をほのめかす。

父親の眼病を治すため、
孝女沈清*はみずからを犠牲にした
今日、どこかで
沈清の父親たちは宴を開くのか
目が開くのか、否か
沈清の父親たち、いつまでも悩みつづけていろ。

神さまの失敗作が
あち
こちで
ワンワンとなきたてている、
臭気をたてている。

＊沈清（シムチョン）は朝鮮に古くから伝わる民話『沈清伝』の女主人公。失明した父親のために身を売って孝行をつくした。

卵で岩を打った時代
―八〇年代の思い出のために―

卵で岩を打ちながら

わたしたちは自信にあふれていた。
八〇年代の本当の信念は愚鈍と誠実だった
民主主義は愚鈍と誠実の付随物にすぎない。

自由と人権。
ラーメンでやっと食事をした日にも
われらがイワンのばかは、貧しいパンをかじりながら
われらに初恋の希望をささやいた。

ふるえながら抱き合って寝た女工と男工も
氷上のちいさなわが家もあたたかしとばかり
いまも愛の比喩はあたっている。

岩はすこしも動かぬだと？

首陽大君は意気軒昂だったが
鷺梁津の成三問は
最後の杯の上に丹心歌を乗せたではないか。
今日も愚鈍と誠実は卵の弾を投げる
いまだ民主主義は脇役だ。
自由、自由、それは気まぐれの弾にまさる
民主の弾だ、涙の弾だ！

五月の歌

糸芝、青々
花々、色とりどり

モンシロチョウやモンキチョウ
花番地探してひらひら

五月なれば良き時節
まぶしい花の宮殿、あちらこちらに
うぐいすも、ホーホケキョ
郭公も、カッコー、カッコー

望月洞に行く道は
五月の追慕の行列がひきもきらず
無等山に登る道には
自由のヒバリが
その翼を広げて飛び上がる。
五・一八民主功労者の礼遇

望月墓域は国立墓地に昇格せり
大統領の公約事項
与野党は対決でナンダカンダ、いざこざの国会
五月の涙は隅っこに押しやられ

いまなお石碑に
悲しい血と涙は乾かぬが
母親の涕泣
うるむ涙、霧の前を塞いで
白い野イバラの心
爪の下に痛いとげが刺さり
赤い血の滴りが、牡丹のようにぼたりぼたりと落ちる。

＊一九九七年、光州民主化運動の犠牲者の魂を慰めるために、望月洞に五・一八国立墓地が設立された。五月には大勢の市民が参拝に訪れる。一九八〇年光州民主化運動の犠牲者たちが眠っている民主化の聖地である。

五月よ、また復活せよ
―五・一八民衆抗争三〇周年にあたって

また五月です。君よ。
わたしに五月を歌えといいますか
うごかぬ唇で五月をたたえよといいますか。
まぶしい、美しい燦々たる五月を
どう歌えというのですか。

あの日の血痕も消されてしまった
わずかの補償金に変わってしまった
ひっそりとした墓苑だけが残された。五月
五月から統一を！　あの日の叫び
民族統一のあの誓いを破って
冷たい石碑だけが残る五月を
いったい、どう歌えというのですか

どんな美しい花よりも
どんな芳しい花よりも
花より美しい人間のために
また五月が来ました。君よ。

まわるまわる歴史の轍《わだち》
いつわりとまことの間にたちすくみ

石碑に封じられた五月よ
墓に葬られた真実よ
わたしの舌にはいばらが刺さっています
その舌で、どう五月を歌えというのですか。

眼を覆い耳をふさいで
どう五月を讃えよといいますか
除暴救民、斥洋斥倭、汚吏懲治*
牛禁峙の血涙はいまもなお乾いていない
民族、自主、統一、人権、平和
消して消しても消されない
錦南路の血痕はいまもなお生々しい
眼をつぶっても見える、美しいその姿
耳をふさいでも聞こえる、さわやかな声
舌先に刺さったいばら、わたしは口を噤みます。

いつわりの弔花をもうけ
むなしい掛け声をあげ
虚偽の仮面の前に権力の堕落
松明を下ろして焼香の火に持ちかえた手
三〇年間記念パーティー開きつづけても
サタンの誘惑の前にすべて罪人です。

闘え、闘え、再び闘え
始まれ、始まれ、再び始まれ
華麗な虚飾の色を剥ぎとり
美しい五月のまばゆい肌
五月は今でも真っ赤な玲瓏たる闘いです
墓の中に一粒一粒の涙がしみる。私たちの涙です。

ああ、わが君よ、冷たくなった灰色のこころの中に来て
燦々と燃え上がるつややかな五月の花になれ
闘う人の掌に来い、わが君よ
永遠に消えぬ自由の炎になれ
輝く正義の松明になれ

＊「除暴救民」は暴政を除き民を救うの意、「斥洋斥倭」は西洋と倭の影響を排斥すること、「汚吏懲治」は腐敗した官僚を懲らしめ退治すること。東学農民運動がかかげた標語。
＊牛禁峠は甲午農民戦争（東学の乱）のとき、東学軍と官軍の最大の激戦となったところ。現在の忠清南道公州市にある。
＊錦南路（クムナムノ）光州市中心部を通る大通り。光州民主抗争のとき、デモ隊と軍が激突した。

その日の血潮の五月、また取り戻しに行こう

戦士の血が飛び散った、
花びらが押しつぶされた血潮の五月
三一年前、わたしたち皆はまぶしい花だった。
追われ、死に、監禁されても
しかしわたしたち皆は光だった。夢だった。
青い五月のささやき
腐り腐っても腐らない塩だった。
死んでもその死を貫いて湧き上がる血潮の叫びだった。

日和見主義者、政治ごっこの操り人形
権力のかげに並ぶ反動行為を拒絶し
民族、民主、自主統一

その日の青々とした息づかいが蘇ってくる
瑞石台の光と陰、眩しい五月の花
震える心、震える日差し
その日の破れた胸、その日の眩しい白骨を抱え
腐り腐っても腐らない青々とした五月に戻ろう。

分裂と権力闘争は滅びの道だ
そこはうじ虫がわく　利己と孤立と反動
おのれの分け前にしがみつき、席を奪い合うところ
五月の青々とした息吹、まぶしい花々の叫びが消える。
玉石倶に焚き、偽物が本物になり
エノコログサが麦になって、まやかしのスローガン
ペンキを塗ったまぶしい仮面の下では
その日の歌、その日の同志が息を殺して忍び泣いている。

二〇一一年二月、危機の韓半島
またもや砲声が口を開けて吠える。
統一と平和と民族更生の出会いを踏み躙って
この土地が新兵器の実験場になってはならない。
死の恐怖、ジェット機が飛ぶ共同墓地の上
いまだに走狗たちは宗主国の足元に跪き
汚物入れの脂身の塊を求めて五月を汚している。
望月洞の息吹、あの純潔な白骨の叫びに耳をすませよ
うじ虫どもの餌になった私たちの五月をまた取り戻しに行こう。

＊二〇一一年「南北軍事会談」がおこなわれたが、二月九日に決裂した。二月五日には北朝鮮の住民三一人が北方限界線を越えて帰順の意をあらわし、南北間の緊張が高まっていた。

正義、自由、そして良心

正義も自由も
そして良心さえも
大学に入って習うから
入試に出るものだけを教えてほしいという
浪人生の要求を
ぼくはどう窘《たしな》めたらいいか？

諸君は人生の腐敗を防ぐ塩になれという
関泰瑗*の「青春礼讃」を習っていながら
正義も自由も、そして良心も
入学試験には出ないと思い込む

このガリ勉の
大学受験生を
ぼくは馬鹿にすることができない。

教師どころか知識の小売商
それも愚民などが作る
多肢選択型の問題集の中で
真の母国語を忘れてしまった
ぼくは堕落したオウムだ
世渡りに役立たない良心より
いっそカンニングでも教えようか、詐欺でも教えようか？

未だに良心は
心に入り込む鋭い匕首、
秀才の李完用*より

門番になることを望んだ白凡先生*と
殺身成仁を実行した安重根義士が育たない
今日の教壇は知識の砂漠地帯だ
ぼくは恥辱の懺悔録を書かねばならぬ。

大学門前は日増しに超満員だが
多肢選択型で人生は知れない
真理は君の鼻先に行って
ゆらゆらする花輪か、
出世を夢見る一流大志望生の前で
ぼくは毎日「風」をかざと読んでいる。
先生はかざと読んでも
おい、マクワウリたちよ
お前らは必ずかぜと読まないと！

＊閔泰瑗（一八九四～一九三五）は文筆家として幅広く活動した。早稲田大学卒業、東亜日報社会部長、朝鮮日報編集局長など歴任。エッセイ「青春礼賛」は教科書に載り広く知られている。
＊李完用（一八五八～一九二六）李氏朝鮮末期から大韓帝国期の政治家。日韓併合条約に調印したため国を売った親日派の代表とされる。
＊白凡　独立運動家・金九（キム・グ　一八七六～一九四九）の号。晩年は李承晩と対立し暗殺された。

縁《えにし》の川

偶然を必然にする
あの日、あの縁の川辺で
あなたとわたしの瞳は
ひとつの花だった。

愛は与えることか、奪うことか

めぐりめぐって果てのないことだ
愛はひとえに堪えること
犠牲と奉仕
与えても与えてもつきぬ河水だ。

雨風吹いて
雪雨降る夜
山小屋の灯火のまたたきをよそに
独り燭光を守る思い
夢は務めになり
よろこびは枷になり
人生をつなぎとめる縄になる。

生と死をつなげる
愛は最後の晩餐

夫は妻に向かって
妻は夫に向かって
持ち物をひとつずつ棄てる

今夜も小さな灯火がまたたく
縁の川辺に立って
別れの手と手をふるあの心
愛の予兆がすすり泣く。
はるか遠くに懐かしいメロディが流れる

白紙の前で

わたしのまえに置かれた運命のような

まったき余白
そこにわたしは遺言を書こうか
ながいあいだ隠してきた秘密を告白しようか。

灯火がまるで証人のように見守り
四方を静寂が取り囲む夜
わたしは、いよいよ最後とばかり白紙の前に座り
最後のひとことを探している。

窓のそとは十二月、冬をはらむ北風が吹き
乱雲のあいだに
半身欠けた残月が見えかくれする
月光を隠した雲よ
しばし退いて、お月様の顔を見せておくれ。

この夜にわたしのこころも
雲間にただよう月のかけらだ
いまだ何も書かれていない紙の上に
あなたの姿は乱れ飛び、…書けない
はじまりも終わりも忘れた白紙の上で
壊れた心の破片がロウソクのように揺らめく

恐怖のごとく待ち受ける運命の前に
わたしは、そろそろ両目をつぶってしまおうか。

いつまでも白紙のままの白紙
とうとう然るべきことばは見出せず
白紙の上に暗い静寂が這い降りる。

抒情と抵抗の詩人・文炳蘭と光州民主化運動

金《キム》 正勲《ジョンフン》

詩人・文炳蘭が亡くなった

尊敬する詩人である文炳蘭が亡くなったのは二〇一五年九月二五日未明。光州市の朝鮮大学の病院で、文炳蘭は膵臓がんで息をひきとった。韓国の進歩言論から保守言論まで、メディアはそろってその死を大きく報じた。

日本では知られていないが、文炳蘭は韓国の有名な詩人である。『文炳蘭詩集』(一九七〇年)、『正当性』(一九七三年)、『タケノコ畑』(一九七七年)、『稲のささやき』(一九七八年)、『地の恋歌』(一九八一年)、『まだ悲しむ時ではない』(一九八五年)『牽牛と織女』(一九九一年)など三〇冊以上の詩集がある。南北統一を訴える詩「織女へ」は歌にもなり韓国で広く歌われている。文炳蘭は生涯をかけて不義と闘い民主と平和の精神を実践してきた。とくに光州民主化運動(日本では光州事件といわれる)に関しては、文筆活動や講演など様々な機会を通じて独裁権力の抑圧に批判の声を高めた。その詩は良心、民主、人権を希求する人びとを勇気づけ、はげましたのである。

文炳蘭の抒情

文炳蘭は美しい抒情詩を書く詩人である。最初にまず「花のたね」（本書九ページ）を紹介してみよう。みずみずしい抒情がつたわると思う。

秋の日
掌をひろげて受け取る　一粒の小さな花のたね
葉やら花やらの
あざやかな色が消えたそのあとに
たった一粒の小さなたねの中に集まった秋

輝く夏の午後
真っ赤な花々のかそやかな悶えや
熱い夕焼けの息吹が実る
そのたしかな重さを確かめることができるだろうか　（略）

「花のたね」は詩壇登場直後の初期詩だが、文炳蘭の抒情的特徴をよく表している。文炳蘭の詩は、自然や身近な日常の素材から「宇宙」や「生命」といった大きなイデアに向かっていくところに特徴がある。のちに、この詩について文炳蘭は、「春、夏、その激情と生命の季節を経て秋に当たる「成熟」を「花のたね」に含めた詩だ。最小限の言語で宇宙、つまり生命原理を一つの小さい「花のたね」に凝縮させた……」（文炳蘭『僕に道を聞く愛よ』、図書出版モーダン、二〇〇九）と述べている。

のちになると、その「最小限の言語」は宇宙や生命ではなく「民主、正義、平和」などに向かって形象化されるようになる。日本の読者がたんなる抒情詩だと思うかもしれない詩でも、そうではない場合がある。

たとえば「花へ」（本書二一ページ）をみていただきたい。「いっそ最後のものも脱いじまえ」ではじまる詩である。花を女性に例え、性的なイメージを連想させる。そこに抵抗が芽吹いている、といったら多くの読者はびっくりすることだろう。しかし暴力的に踏みにじられたものへの、捨て身の抵抗を支持する響きを聞き取るのは不可能ではないだろう。そして「花へ」を書いたころから、文炳蘭は「徐々に抵抗の熱気が詩の中に染み込みはじめた」（『私の生　私の詩』）。

一九六〇年、露骨な不正選挙に市民や学生が反発したことで李承晩政権は崩壊する。四・一九革命といわれる。その後誕生した政権は、軍部クーデターにより一年弱の短命に終わった。そして朴正熙の長い軍事政権の時代が始まる。「花へ」はそのような政治状況の中で書かれた。文炳蘭は次のように書いている。「（「花へ」は）一九七〇年九月に刊行された第一詩集『文炳蘭詩集』の第三部に収録されている。四・一九革命はある詩人の表現のように『一筋のにわか雨のように過ぎさり』、その民主的希求は五・一六軍事クーデターを起こした軍人政治家によって蹂躙された（当時の状況を私は念頭においた）。（中略）負けるとわかっていながら徒手空拳で挑戦を敢行した純粋な私の宣言」であった（『僕に道を聞く愛よ』図書出版モーダン、二〇〇九年）。

文炳蘭はまず純粋な抒情詩から詩作活動を始めたが、その後、抒情性を持ちながら同時に政治や社会を見すえる立場へ向かった。そして民主化運動の活動（文筆活動、講演、行事など）、南北統一の詩である「織女へ」の発表などで、人びとにその名が知られるようになっていった。こうして文炳蘭は抒情的な民衆詩人、すなわち抒情的抵抗詩を書く詩人としての地位を確立したのである。

詩壇にデビューするまで

文炳蘭は、一九三四年、全羅南道和順で生まれた。植民地時代であったから、小学校（国民学校）の授業は日本語だった。一九四五年八月一五日、朝鮮半島の人びとは解放された。一〇歳の文炳蘭少年は母国語を取り戻した。

ハングルを習って、文炳蘭少年はたくさんの童謡を書いた。小学校四年生のとき（一九四七年）に書いた詩は曲がつけられ歌になった。「切実な私の思いは故郷の母／泣きながら南の空を／一人座って寂しく眺めるときに／お日さまも西の山を越えて故郷に帰ります」（「故郷の母」）。同じ年、和順の小学校から光州の小学校に転学した。週末には歩いて光州から和順に帰った。光州と和順のあいだには峠がある。文炳蘭少年はその峠を急ぎ足で越えるとき、もう母の懐に抱かれているのである。この童謡は、いま『ジョンヨンサン作曲集』と高等学校検定音楽教材の歌曲編に収録されている。

解放のよろこびもつかの間だった。五〇年には朝鮮戦争が勃発する。戦争で学校は休校になり、文炳蘭はふるさとの和順に避難し、農作業の手伝いをしながら学齢期を過ごした。家は貧乏していたが、まわりの人の支援を受けて中高校に編入し、五六年和順農業高等学校を卒業する。

本格的な文学修業がはじまったのは、朝鮮大学文理大文学科に入学して、モダニズム詩人の金顯承（当時朝鮮大学教授）に師事してからのことである。韓国の青年には兵役がある。大学二年のときに兵役につき、兵役中に書いた「告別」という詩が金顯承の指導によって『全南日報』（現『光州日報』）に載った。そして五九年に復学、それからまもなく師の推輓によって「街路樹」（本書六ページ）が『現代文学』に掲載された。こうして詩壇へのデビューをはたした。「街路樹」は教室で書かれた詩だった。復学後最初の詩作の授業で、金顯承教授は履修者に「街路樹」という題で詩を書くという課題を出した。そのときに提出した課題詩が『現代文学』に推薦されたのである。文炳蘭の初期の詩風には金顯承の持つモダニズムと同質の抒情的雰囲気があった。

「街路樹」については次のようなエピソードがある。在日作家である金鶴泳が、「街路樹」の初句「郷愁は終われり　われらは」を引用して、「郷愁は終われり　そうしてわれらは」という題で中編小説を書いて『新潮』に発表した。彼はその後、在日を生きる問題などで悩んで、自殺してしまうのだが、死ぬ前にその小説を文炳蘭に寄贈している。寄贈の手紙に「文炳蘭女史」と書いてあった。金鶴泳は「蘭」という漢字から文炳蘭が女性だと誤解していたようだ。ちなみに「街路樹」は詩人金素雲によって『開港一〇〇年　新詩記念詩集』に日本語に訳されて掲載されている。

ソンビ精神、すなわち志操と貞節の人

しかし文炳蘭はなんといっても志操と貞節の人である。やがて金顯承のキリスト教的世界観と、文炳蘭が幼少時から受けたソンビ精神、あるいは儒教的世界観は混交の様相をみせるようになる。文炳

蘭は、金顯承の影響を受けたモダニズムに、彼自身が受けた教育や品性を混在させた新たな方向に向かってすすむ。彼は抒情と抵抗がいりまじった内面的な世界を探求するようになる。

漢方医として漢方病院を運営している文炳蘭の長男、ムン・チャンギ氏の証言によると、文炳蘭は漢学に熱中していた父親の影響で、「正々堂々」「公明正大」であることを非常に重要視していたという。そういう志操や貞節のイデアを韓国語でソンビ精神というのである。韓国の文人にはソンビ精神に基づく思考が根強く生きている。かんたんにいうと、利益ばかりを追求する実利的思考より「良心」「正義」「大義」を大切にするという考え方である。ムン・チャンギ氏はいう。「父親は一生清貧を心がけ、勤勉だった。それは「ソンビ精神」に由来する」と。

普通ソンビといえば高いイデアと悠揚迫らぬ態度をもつ高尚な士というイメージが浮かぶ。しかし、文炳蘭はそういうタイプの人ではなかった。ノーベル文学賞候補に擬せられたことのある小説家の黄晳暎は文炳蘭と親交があり、何度も文炳蘭の自宅に泊まって夜を徹して語り合う仲だった。そんなとき黄晳暎は「(文炳蘭が)ただの春風のような、言葉使いが上手な、そういう普通のソンビではないことを確認した。彼には火のような熱気と霜柱のような怒りが見え、彼が難しい時代に堪えそれを生き抜く良心の人であることを知った」(黄晳暎「蘭と青竹」[許炯萬・金鐘編集『文炳蘭詩研究』、図書出版詩と人、二〇〇二])。ちなみに黄晳暎によれば、詩人の金南柱も文炳蘭宅の常連客だった。

光州を代表する小説家宋基淑は、詩人なら蘭を育て、水石などに興味を持ちがちだが、文炳蘭はそういうタイプではなかった、と書いている。文炳蘭は労働者の苦痛を代弁し、農民の苦しみを表現する詩人だった。宋基淑と文炳蘭は、光州民主化運動のとき、ともにたたかった。そしてともに投獄された。文炳蘭について、「いなければならないところにかならずいる」詩人と形容している。

文炳蘭は人づきあいがよく、だれとでも別け隔てなく付き合った。身分や地位に関係なく人と接し、弱者に対するいたわりと配慮を欠かさなかった。だから、いつも大勢の人たちが自宅を訪れた。ムン・チャンギ氏は冗談めかして、「母が言っていました。キムチを作るのに家を何軒も立てるぐらいのお金を使ったと」（二〇一六年一二月二五日のインタビュー）と語ったものである。

ムン・チャンギ氏の妻は中学校の教師をしている。彼女は晩年の三年間、身近で文炳蘭に接した。彼女の職場の同僚には文炳蘭の教え子が何人かいた。教え子に尊敬された理由は、情熱的な講義と子どものような純粋さにあったという。わたしも予備校で文炳蘭の授業を聞いた者だから、あいづちをうった。彼女のことばにまったく同感だった。わたしの記憶の中の文炳蘭も、たしかに優しい人で、子どものような純粋な微笑みを絶やさなかったからである。

民衆詩人として人気がある理由

わたしは予備校で文炳蘭先生に学び、それから朝鮮大学国語国文学科に入学した。韓国の若者には兵役がある。卒業して兵役につき、兵役を終えて、日本に留学したのは一九八八年、ちょうどソウルオリンピックのころだった。日本に対する韓国人の視線にグローバルな視点が要求されるようになった時期だった。

開発途上国だった韓国は、七〇年代に経済発展をとげ、八〇年代に入るとオリンピックも誘致し、いよいよ世界に目を向けるようになっていた。韓国の経済発展はたしかに目覚ましかった。しかしそれは外発的なものだったと思う。朴正熙・全斗煥・盧泰愚と受け継がれた軍事政権は、経済成長のために、いろいろな面から無理な政策を進めた。ベトナム派兵はその最たるものである。国家主義が叫ばれ、個人の自由は抹殺される場合が多く、国民は疲弊した。夏目漱石は文明開化論で「内発的変化」の重要性を強調したが、韓国の経済発展はそれとは正反対だった。

はじめて日本の土を踏んで驚いたのは、わたしが学んできたイデオロギー教育がいかに反共教育だったかを実感したことだった。大きな書店に寄ると、北朝鮮の金日成に関する本が何冊も置いてあって、それが大きな顔写真（本の表紙）とともに並んでいた。その風景を見てわたしはショックを覚えた。内容がどのようなものかは分からないが、読みたければいくらでも購入できる。思想の自由の大切さを痛感した瞬間だった。同じ民族なのにどうして会えないのだろうか。兄弟なのに兄は北に弟は南に住むしかない悲しい現実、この冷酷な壁が崩れることはないのだろうか。

そのとき、私は文炳蘭先生を思い出した。文炳蘭は、そういうわたしたちの思いや苦しみを、つまり民族の思いや苦しみを、わたしたちにかわって表現してくれる詩人である。それだから文学評論家のヨム・ムウン（廉武雄）は、文炳蘭の詩集『無等山』を取り上げ、「分断時代の民族文学において彼の詩がもっとも熱烈な部分に位置している」と位置づけたうえで「文炳蘭の詩は今日の私たちの時代においていちばん先進的な問題意識に基づいたもっとも真実な文学である」（文炳蘭編『無等山に登って歌う白頭山の歌』詩と社会社、一九九四）と評価したのであろう。わたしは思わず、文先生の統一の詩「織女へ」を口ずさんでいた。

わたしは「織女へ」（本書五五ページ）の「烏鵲橋がなくても踏み台がなくても／胸を踏んで渡り、

再び会うべき我ら／剃刀の刃の上でも踏んで渡り、会うべき我ら」というくだりを読んだとき、これこそ民族の念願を表現したものだと、体が震えるほど感動したものだった。「織女へ」には南北分断の現実と統一への民族の悲願が牽牛織女の七夕物語に重ね合わされている。歌にもなり、韓国では、カラオケなどで男女の恋物語の歌としてよく歌われる。しかし、知っている人は知っている。二一世紀のいまなお、北緯三八度線を境として南北に分断されている韓半島の現実と統一を願う民族の切なる気持ちが形象化されているのだ。予備校を出てから、文炳蘭先生に会う機会こそなかったが、遠く離れて日本留学中の私の心に文炳蘭と彼の詩がまざまざと蘇ったのである。

実は、当時私のような若者世代だけではなく、一般市民にも、労働者農民より企業を重視する経済システムや、国民の意識善導を口実に権力への服従を強要する抑圧政策に、強い抵抗感があった。政府がかかげるイデオロギーにも抵抗感があった。維新時代には警察が女性のミニスカートの長さを制限したり（警察がモノサシで測った）、男性の長髪をハサミで切ったりしたのである。自由もへったくれもなかった。そういう弾圧を受けた経験があったので、市民は軍事政権が崩壊した後も、経済成長優先のもとに国民の個性や自由が抑圧されることを強く警戒したのである。

しかし、国民の自由を制限して経済成長に力を注いだ朴正熙政権、そして軍部独裁政権である全斗煥、盧泰愚政権を経て金永三文民政権になった結果が、一九九七年のＩＭＦ経済危機だった。未曾有の経済破綻に直面して、人びとは不安のどん底に突き落とされた。有名な「希望の歌」（本書一一四ページ）はこのような状況から書かれたものである。「氷の下でも／魚は泳ぎ／吹雪の中でも／梅はつぼみを膨らませる／絶望の中でも／生きんとするものは希望を探し／砂漠の苦痛の中でも／ひとはオアシスの陰を求める」。「希望の歌」は人々の心を揺さぶった。多くの人の心に染み入り、不安を乗り越える力を与えたのである。「希望の歌」はＩＭＦ危機に見舞われた韓国民に、どんな逆境にも耐え、立ち直り、未来に向かってすすむよう呼びかける。

文炳蘭の詩はなぜ多くの人々に読まれるのか。抒情の中に時代意識が描かれているからである。そして人びとの切なる思いを代弁しているからである。文炳蘭の最初の教え子（順天高校で文炳蘭の教えを受けた）で、一九八二年から木浦大学に奉職し、定年退職後も、木浦大学名誉教授として活躍している詩人のホ・ヒョンマン（許炯萬）は、わたしのインタビュー（二〇一六年一二月二七日ソウル仁寺洞）に答えて次のように述べている。「文炳蘭は抒情詩人であり、確固たる思想を持った人であった。文炳蘭の詩をこれは抒情詩、これは抵抗詩というふうに区別することはできない。抒情詩として形象化された、その詩の中に、抵抗意識がある。直接にみえる現実を比喩的表現、あるいは象徴によって語るから違和感がない。抒情が先にあってそこに抵抗意識が垣間見られるから、文炳蘭の詩は人びとを感動させる」と。人びとは文炳蘭のことばに耳を傾け、そこに現在の自分の苦悶や不安を共有してくれる存在を見つけ、そして励まされるのである。こういうタイプの詩人は韓国にはよくあらわれるが、おそらく日本の詩人にはあまり多くないのではないだろうか。

権力とたたかいつづけた詩人

一九七二年、文炳蘭は朝鮮大学理事長の独善的な大学運営に反対して辞表を出した。文炳蘭はその後、全南高等学校に移った。そのときのことであったが、高校の教え子の黄一棒が文炳蘭の指導を受け、学校側から問題学生として目をつけられ、退学処分になるという事件が起こった。黄一棒の行動は、維新独裁を批判する文炳蘭の思想に影響を受けてのことだった。黄一棒が退学処分になると、一九七五年、文炳蘭は責任を感じるとして、高校をやめた。一九七七年には、黄一棒と時局批判の話をしながら歩いているところを、浮浪者たちに襲われるという事件が起こった。このとき文炳蘭は傘で刺されて脳に達する傷を負い、黄一棒は片目を失明した。

黄一棒は一九八一年、光州民主化運動とアメリカ文化院放火事件で一年間投獄されたこともあった。長い間、文炳蘭をすぐそばで見守っていた黄一棒は、「(文炳蘭は)教授から教師へ、教師から予備校講師へと、地位が下がることを厭わなかった。民衆と弱者を代弁する自分の信念を決して曲げることはなかった」(二〇一六年一二月二五日のインタービュー)という。そして「文炳蘭の理念と思想は多くの人との交流を通じて自生的に形成されたものだ」と述べている。黄一棒はいま文炳蘭(瑞隠)文学研究所の理事長を務めている。

韓国は長い間、専制政治がつづいた。一九七〇年代の軍部独裁に対して、韓国市民は抵抗の声をあげた。一九八〇年の光州民主化運動をへて、一九八七年の六月抗争でついに民主化をなしとげた。それは韓国国民が自分自身の手で勝ち取った民主主義である。与えられた民主主義ではない。長い道のりだった。韓国の人びとはそれを誇りに思っている。

しかし、民主化された今、国民の内面生活が充実しているかといえば、そうではない。資本主義の弊害がもたらす空虚感、外発的開化によるひずみは依然として解消されないままである。今でも労働者の賃金待遇は悪く、貧富の格差はいっこうに縮小していない。それだけに社会的弱者に対する福祉の問題が浮き彫りになっている。南北分断の現実（多額の軍事予算が国民の税金で払われる）や地域格差（韓国は地域格差が非常に大きい）、世代の葛藤（世代間の意識のギャップが大きい）といった様々な社会問題が現存している。このような状況がある中で、文炳蘭の詩は読者の心をやさしく慰め、それとともに主体性を呼び起こしてくれる。文炳蘭は現実と時代的状況を念頭において詩を書き続けた。

文炳蘭先生の思い出

光州民主化運動に関連して、その前後の韓国の政治状況について少し説明しておこう。朴正熙が軍事クーデターを起こしたのは一九六一年である。彼は治安向上、反共教育、経済発展などの名目で思想・自由を弾圧し、憲法を改正して独裁政治を行った。その独裁政治は、一九七九年一〇月、金載圭中央情報部部長が朴正熙を暗殺するまで一八年間も続いた。国民の人権がいかに無残に踏みにじられていたか、どうか日本の読者にも想像していただきたい。

朴正熙大統領が暗殺されると、その後全国で民主化を求める運動が起こった。しかし民主化運動の盛り上がりに対して、クーデタで権力を掌握した全斗煥少将は、おそろしく攻撃的な強硬姿勢でのぞんだ。とくに狙われたのが光州で、一九八〇年五月一八日、全斗煥は軍の精鋭部隊を派遣して市民の運動を弾圧した。抗議する市民に部隊は銃撃で応えた。虐殺された市民は一五五人、行方不明者八一人、負傷者（負傷以後の死亡者を含む）・連行者・拘禁者は四六二四人にのぼった（五・一八民主化運動記録館『五・一八民主化運動』（光州広域市史料編纂委員会、二〇一五年）。軍隊は国民を守るべき存在である。その軍隊を、国民を殺害するために出動させたのであるから、これは断じて許すべからざる犯罪行為であった。

このときわたしは光州市内の予備校（大成学院）に通っていた。高校で、適性に合わない理系を選択し、大学入試に失敗、浪人していた。文炳蘭先生に出会ったのはこのときだった。わたしは国語の時間に熱弁をふるう文学論に引かれ、いつも先生の講義を夢中になって聞いていたものだった。

文炳蘭先生は韓国近代初期の作家を社会文学の視点から捉えた。韓国近代文学は、一九世紀末〜二〇世紀初の開化期から始まると見るのが定説である。韓国でも権威と道徳を中心にした中世文学に対応し、科学発達や市民意識の覚醒によって社会と現実に対する問題を人間中心の考え方で捉える傾向がうまれた。いわば人本主義的、合理主義的な視点が強調されたのである。開化期の文学の特徴は、啓蒙的性格が強かったことである。民族意識が訴えられ、新体詩、唱歌、新小説が韓国語で書かれた。李人稙《イインジク》の『血の涙』（一九〇六）、崔南善《チェナムソン》『太陽から少年に』（一九〇八）、李光洙《イグワンス》『無情』（一九一七年、最初の現代長編小説）などが近代文学の嚆矢とされる。その後一九一〇年に、韓日強制併合で韓国は日本の植民地となり、その時代に本格的な植民地的近代文学に移行するのである。

文先生は予備校で、啓蒙文学の担い手だった崔南善や李光洙らは、やがて日本の植民地権力に迎合する方向に変節したとして厳しく批判した。そして民族意識を堅持した尹東柱《ユンドンジュ》や李陸史《イユクサ》などを高く評価した。私は尹東柱や李陸史などの抵抗詩人に対する先生の解釈を聴いて、深い感動を覚えた。

そういえば、当時予備校では詩人の許炯萬からも講義を聞いていた。許炯萬は光州市の崇一高等学校の教師をしていたのだが、順天高等学校の恩師である文炳蘭に予備校に来ないかと誘われ、高校を辞職して予備校に移っていたのだ。許炯萬は、七九年と八〇年の二年間予備校に勤めた後、八一年に木浦大学に「助教」として赴任したものの、たった一週間でクビ(馘首)になった。ご本人によれば「文炳蘭の教え子だから反体制詩人だ、そいつが木浦に来た、というわけで追い出された」そうである。あるとき許炯萬は文炳蘭に連れられて、文炳蘭の恩師、金顯承の自宅を訪れた。「金先生のところに、文先生といっしょに行ったことがある。金先生は自分でコーヒーを入れてくれた。文先生のことを息子詩人といい、わたしのことを孫詩人といった。そのエピソードを文先生はいろんな人に語った」(許炯萬)。

許炯萬は「文先生は絶対に入試中心の授業をしなかった。教科書に詩人が出てきたら、詩人の人生をくわしく語った。予備校の授業でも、時局について間接的に批判をした」と当時を回顧している。

わたしが文炳蘭先生の授業を受けていたときは民主化運動の雰囲気が徐々に盛り上がる時期だった。文炳蘭は警察の監視のもとにあった。担当刑事が言動を監視していたので直接的な言及は控えたものの、民主化運動への弾圧についても、近代の詩人たちの解説と比喩を通じて、弾圧の不当をほのめかし、みんな現実に対して無関心であってはならないと暗に語った。先生の一言一言からは独裁政権と無法な権力行使に対する断固たる抗議の信念が伝わってきた。

わたしは浪人中も友人たちとバンド演奏に夢中になっていた。そんなノンポリの若者が、デモに関心をもったり(光州市民はだれでもデモの隊列に入ったものだったが)、軍の弾圧に激しく怒ったりしたのは、文先生の講義の刺激によるものだったと思う。文炳蘭は生徒たちに慕われていた。担任として直接学生たちの生活指導にあたったのはもちろん、学生たちの悩みや相談に、まるで隣家のおじさんのように親切に応じてくれた。そのころのうわさでは、クラスの学生代表や進歩的な学生たちは文先生の自宅まで訪れ、指導を受けているということだった。わたしはその学生代表らが羨ましくて仕方がなかったものだった。

だいぶたってからのことだが、文先生は朝鮮大学に復職した。たまたま用事があって朝鮮大学国文学科に寄ったとき、わたしは廊下の奥の研究室に先生の名札が貼ってあるのをみつけた。お目にかかれるだろうかと思って、胸をどきどきさせながら、耳を澄ませて研究室の中の様子をうかがった。しかし、物音はしなかった。先生は不在だった。

わたしの本棚には『文炳蘭の詩と生―無等山に登って歌う百頭山の歌』（詩と社会社、一九九四年）という本がある。大学に赴任してまもなくこの本を買った。それ以来、ことあるごとに読み返してきた。巻頭に文先生の生い立ちから民主化運動の活躍ぶりまでが写真で紹介されている。その中に、一九九二年五・一八民衆抗争の追悼式で追悼詩を読み上げる一ページ大の写真がある。実を言うとわたしは、何かに挫けそうになったり、弱気になったり、良心がとがめることがあったりするたびに、この写真を見て気持ちを新たにしたものだった。批評家たちは、この本の中で、文先生の詩と生きざまを語っている。その文章を読むことで、わたしは勇気を取り戻した。

ゆかりの人たちが語る文炳蘭

さて、詩人文炳蘭の事績に話を戻すと、文炳蘭は晩年にもつねに民族統一を考えていた。「韓半島の民族主義的開眼」の視点を何より大事に認識していた。どうして同じ民族が南北に分かれて寂しい日々を送らなければならないか、日本に対しても、どうして日本は南北平和のために働きかけてくれないか、という思いを抱いていたように思う。

日月書閣という出版社がある。代表のペク・ミョンス（白明水）は、学生時代、文学大会に作品を出して文先生から審査を受けた。その縁で文炳蘭の親しい教え子の一人になった。ペクは運動圏の人で、学生時代に六回も投獄された。あるとき、文炳蘭が刑務所まで面会に来てくれた。そのことが今でも忘れられない、本当にうれしかった、とペクはいう。

一九八〇年の光州民主化運動のとき、厳しい監視が続く中、「ああ、光州よ！われらの十字架よ！」と題した詩を「全南毎日新聞」に発表した金準泰は光州の後輩詩人である。金準泰は全南高等学校の教員だったが、一九八〇年六月初め、光州民主化文学の嚆矢となったその詩を発表したために警察に追われる身になり、結局、全南高等学校を解雇された。金準泰は、五・一八記念財団理事長（二〇一一〜二〇一二）、光州・全南作家会議の顧問を務めている。

金準泰は次のように述べている。「（文先生は）結婚式の主礼（韓国で結婚式をつかさどり、新郎、新婦の前で祝辞をする人）を頼まれると、決してわけへだてしなかった。慶尚道だろうが、江原道だろうが、遠いからという理由で断ることは絶対になかった。忠清道だろうが、千里の道も遠しとせず駆けていき、新郎新婦に祝福の言葉を贈った。約束をしたら、決して破らなかった。大雪の降るなか、忠清道の奥深い山里まで走っていき、わずか一〇人ぐらいの聴衆の前で、農民問題や民族問題や人生問題に熱弁をふるったこともある。光州に住んでいる先生をそこまで連れて行ったのは、光州警察署の情報課刑事だった。そしてその刑事もいつのまにか熱心な聴衆の一人になっていた。振り返るといかに悲しい国であり、悲しい時代だったことか」。（「ハンギョレ新聞」二〇一五年九月三〇日）

金準泰は文炳蘭の生と作品を三期に分けている。第一期は、日本帝国主義時代、第二期は一九八〇年までの独裁政権の時代、そして一九八〇年の光州民主化運動以後の三つに時期区分した。もともとは郷土詩人あるいは抒情詩人で、全羅南道の土と風と木と、故郷の自然への愛をうたった。それが根底をなしている。そのうえで文炳蘭は歴史を重視した。初期作品には故郷をテーマにした抒情詩が多いが、単純に男女の愛情やセンチメンタリズムを描いたものではない。彼が表現した土の匂いや風の音にはこの地の五千年の歴史と政治が流れている。金準泰は「詩人はウサギだ」と語った。「詩人は潜水艦のウサギのような存在だ。酸素が足りなくなると、真っ先に気づくのはウサギだ。酸素は自由を意味する。この地に自由がなくなると、真っ先に気づくのは詩人だ。だから詩人には使命がある」。（二〇一六年五月二九日のインタビュー）

一九八〇年五月に、韓国の軍事政権は凶暴性をまざまざとみせつけたが、その後、一九八七年のいわゆる「六月民主抗争」によって民主化が実現する。このとき『ニューヨークタイムズ』特集版（一九八七年七月二一日付）は、高銀、金芝河、鄭喜成、梁性佑と並んで文炳蘭を「火炎瓶の代わりに詩を投げた韓国の抵抗詩人」として紹介した。この年一二月には久々に大統領選挙が実施され、盧泰愚が大統領に選出された。

文炳蘭と光州民主化運動

文炳蘭の精神は、一九八〇年の光州民主化運動のとき、ひときわ大きな光芒を発した。文炳蘭は光州民主化運動の背後操縦者として指名手配され、麗水の教え子の家で一カ月ほど逃亡生活をしたあと、六月二八日に自ら警察へ出頭し投獄される。そして九月中旬に起訴猶予処分になった。

その後、文炳蘭は、全斗煥軍事独裁政権の暴政が続く中、光州民主化運動の正当性を訴え、事件の真相を語るために講演に、評論に、詩にと、粘り強い実践運動と文筆活動を展開した。犠牲者への数多くの追慕詩を発表してきた。だから「彼の詩と生の主題は五月の光州になった」（白洙寅）といわれている。

文炳蘭は民主化運動で亡くなった犠牲者の霊をなぐさめつづけた。

死亡者、何某何某
母の唇から嗚咽が漏れ出た
数十人数百人、いや、数千人
僕らの言語は
光州よ、お前の死を歌うことに適さない
光州よ、われらが時代の不遇なる者よ
父と息子の忌日は同じ日だ
僕らはお前を忘れないだろう。
足の不自由な恋人を持つ娘たちは
お前の額の上に唇を捧げるだろう
未亡人たちはお前の胸に花束を捧げるだろう。

（「光州に捧げる歌」より）

一九八〇年の光州民主化運動とはなんだったのか。どうか日本の読者のみなさんも、われわれの立場になって考えてみていただきたい。一九五〇年に韓国戦争（朝鮮戦争）が起こり、韓半島は一九五三年以来、南北に分断されている。日本がフォッサマグナにそって、東西二つの国に分断され、東と西ではまったく異なる政治体制が支配していると想像してみていただきたい。さらに想像していただきたい。その二つの国のバックには外国がひかえていて、そのあと押しで二つの国ははげしい戦争を繰り広げたと。おなじ日本人同士が武器を取って殺し合うのである。ささやかな幸せを願う民衆にとって、それはどんなに堪えがたいことだろうか。いまから六五年近く前に、韓半島の民衆はそういう経験をした。

文炳蘭は「五・一八光州民衆抗争の本質的根源は、韓半島の民族矛盾である外部勢力と分断にあり、階層的・地域的不平等によってもたらされた。民族矛盾を利用して、それを自分たちの利益に結びつけた帝国主義の論理に対する根源的抵抗から、自主・民主・統一の三つを結びつけ、実現しようとした民族運動」と論じている。つまり外部勢力の介入、強権政治、民族の分断という三つの矛盾が、光州民主化運動の基底にあるというのである。分断という「民族矛盾」に対する民衆の底辺からの怒り、それが文炳蘭の認識の根源にある。

外部勢力の介入という点は朝鮮戦争が中国とアメリカの参戦によって戦われたというだけではない。その点は少し説明しなければならないかも知れないが、それは、全斗煥政権が陸軍部隊を光州に派遣したことを、アメリカは黙認したのではないかという怒りなのである。日本のみなさんにはわかりにくいだろうが、韓国の場合は当時、そもそもアメリカ軍の承認なしに、大統領といえども韓国軍を動かすことはできないことになっていた。ということは、光州民主化運動を鎮圧するために軍が市民を虐殺することを、アメリカは承認していたということを意味する。もしも六〇年安保のときに、自衛隊がデモ隊を殺戮したら、そしてそれが在日米軍司令官の黙認のもとでおこなわれたとしたら、そもそも自衛隊は在日米軍司令官の了解なしに動かすことができないとしたら、どう感じるだろうか、と考えていただければいい。外部勢力の問題というのはそういうことなのである。

さて内部の問題はもちろん独裁政治の問題なのであるが、その背景にも、わかりにくい問題がある。似たようなことを日本の歴史からあげるとすれば、明治維新以後しばらくのあいだ、戊辰戦争で官軍とたたかった東北地方の人びとが差別されたことだろうか。その状態があとあとまで続き、薩長など西南雄藩の出身者が権力を独占し続け、鹿児島県や山口県ばかりが繁栄しつづけたと想像していただければよい。

韓国ではいまだに、東西の格差が大きく、東西の地域感情によって国民が分断されている。韓国は東海（日本では日本海と呼ぶ）に面する東部と黄海に面する西部で、大きな格差がある。朴正熙、全斗煥と続く歴代の軍部独裁権力者はすべて東部の出身であり、全羅道（光州市はいま光州広域市となっているが、当時は全羅南道の道庁所在地であった）をはじめとする西部地域は長い間差別されてきた。文炳蘭は光州民主化運動を、たんなる全斗煥軍部クーデター勢力とのたたかいとしてではなく、「自主・民主・統一を成し遂げようとした民族運動の結合」と捉えているわけである。

光州民主化運動が偶然に起こった出来事ではなく、外部勢力と分断による民族矛盾が招いた軍事独裁政権、そしてその軍事政権の非正常な政治構造に由来する事件であるとすれば、その矛盾が解決されないかぎり、光州民主化運動は現在進行形であるはずだ。だから文炳蘭は光州民主化運動の五月精神を強調するために詩、評論、報告などの文筆活動はもちろん、講演や放送などを通じて光州の真相とその意義を知らせる実践運動を繰り広げてきたのである。大学や市民団体の行事に参加し、五月の精神を叫び、自ら「全南社会運動協議会」共同議長、「国民運動本部」共同議長になり、民主化運動の闘争の先頭に立って闘ってきたのはこうした理由からなのだ。

文学のテーマは統一

文炳蘭の詩の本質はなんといっても民族統一である。文炳蘭においては、光州民主化運動は、民族統一と深く結びついているのだ。

文炳蘭は一九九二年、「南北文化交流協議会」の一員として北朝鮮を訪問することになった。そこで北朝鮮訪問を前にして急遽『織女へ』を刊行している。一九七六年に発表した「織女へ」に、統一詩七編、そして訪問直前に書いた七〇編を付け加えて、詩集名を『織女へ』としてまとめたのである。

「実際に北朝鮮へ行くとなると、複雑な気持ちです。身の処し方はさておき、四六年ぶりの出会いなので、プレゼントも要るだろうし、北朝鮮に対する多少の予備知識もないと健全な意味の民間外交ができません。だから心配です。それですでに出ている数冊の詩集から統一に関わる詩を抜いて、訪朝をひかえての心境を詠んだ即興詩何編かを纏めたのです」(『光州毎日新聞』一九九二年一月二一日)と文炳蘭は述べている。

「織女へ」は流行歌にもなったし、韓国民ならよく知っている歌であるが、実は日本でも歌われたことがある。韓国の歌手、金元中《キムウォンジュン》が日本公演でこの歌を歌ったのは二〇〇五年～〇六年のことであった。このときは東京、大阪、神戸、広島、埼玉などで巡回公演が行われた。

どうして民主主義への希求が究極において統一に向けて収斂するのか。それはこういうことだ。

光州民主化運動のとき、軍が投入されてから市内バスは止められ、電話も不通になった。光州に入る道路や橋は戒厳軍に封鎖され、外部の人々に連絡をとることも、援助してもらうこともできなかった。軍部の支配下にあったマスコミは、自発的な市民運動を「北朝鮮スパイの扇動による反乱」であるかのごとく伝えた。その状況の中で、光州市民は無私の精神でささえあった。

海苔巻きをつくり、青年や市民軍に配る女性たちがあらわれた。不足した品物を物々交換し合った。光州市内のあちこちで、負傷者のために献血する市民の行列ができた。私の妻の母も現場で市民軍に握り飯をつくって彼らを助ける活動に参加した。光州市民ならだれでも助け合う精神に満ちていたと思う。

思い返せば市民が憤然と立ち上がったのは、なにも軍部独裁政権を打倒するためではなかった。民主主義を叫び、独裁権力に抵抗の声を高めていたのは事実だが、大学生から市民に運動が広がったのはほかでもない。わたしたちの父母、兄弟、同僚が軍の暴力に制圧され、犠牲になる現場を目撃したのである。わたしたちの憤懣は極点に達した。

市民全体が「全斗煥《チョンドファン》は引き下がれ」などの掛け声をあげながら街頭デモをしたわけではない。最初は大学生中心のデモだった。軍のいきすぎた行動が市民の家族愛、兄弟愛を刺激したのである。子どもたちさえ負傷者のためにこぞって献血した。そのような状態に置かれても、不心得者が店に侵入するなどの強盗事件はまったくなかった。市民は渾然一体となって光州を守ろうとしていたのである。市民の共同体意識がいかに強く、不正と闘う意志がどれほど決然としていたか、強調するまでもない。市民は「民族的ヒューマニズム、共同体精神、生命運動の発現」（文炳蘭）のすばらしさを実体験したのである。

けれども現実の韓国社会には、いきいきとしたヒューマニズムの結合など存在しない。それどころか外部勢力によって招かれた民族分断という冷酷な政治的現実があり、分断を固定化する政治的イデオロギーの壁がある。それらは少しも揺らいでいない。第二次大戦後、韓半島が南北に分割占領されてから、一時的な和解ムードはなくもなかったものの、それはごく短期のことであった。分断状況は深刻化していていくばかりである。

文学とは、そういう分断状況を克服するための手段にほかならない。文炳蘭は光州民主化運動で躍動した共同体精神を、さらに民族統一に向けて具現化しようと呼びかけたのである。文炳蘭の詩が統一文学であるというのは、そういうことである。

おわりに

わたしは詩の翻訳に取り組み始めてから作品の執筆動機や作品背景などに対する疑問を持ち、文炳蘭のもと（光州市芝山洞所在の瑞隱文学研究所）を数回訪問した。そして直接教えを受けた。その最中に文炳蘭は逝去された。

亡くなった二〇一五年九月二五日は、韓国ではちょうど秋夕（お盆）の時期で、多くの人たちが里帰りする時節であった。朝鮮大学病院前でしめやかにおこなわれている告別式には、有名人の弔花が山ほど積まれていた。韓国作家会議などの社会団体からの弔問客がひきもきらなかった。

韓国の詩と日本の詩

広岡 守穂

第1節　日本の詩と韓国の詩と中国の詩

韓国の詩人の社会的影響力は日本の詩人とはくらべものにならないほど大きい。有名な詩人には国会議員になった人もいるし、宗教家や実業家もいる。もちろん教育者で詩を書く人は多く、詩人にして大学教授という人も大勢いる。日本では政治家や官僚や実業人のなかに俳句や短歌をたしなむ人が少なくないが、それと似ていると言えば言える。しかし決定的に違うのは、俳句や短歌が自分の心境をうたうばかりなのにたいして、韓国の詩ははっきりした社会的なメッセージを発することが多いということである。若い詩人の中にはペーソスいっぱいの二行詩を書くハ・サンウクのような人もいて、みんながというわけではないが、韓国の詩人はオピニオンリーダーなのである。二〇一六年の冬にソウルで、ある詩人と話していたとき、彼は「抒情の前に社会的な認識がある」と語った。社会へのまなざしが抒情とむすびついているのである。

この点は韓国の詩を読むときに、あらかじめ知っておくほうがいい。韓国も日本も中国も、詩といえば抒情詩ということになるが、韓国の抒情詩と日本や中国の抒情詩は、この点がかなり違う。日本の抒情詩の多くは、日常生活の中のちいさな感動に焦点を合わせている。そこは短歌や俳句と共通している点である。作者の感興は、その日常生活を包んでいる社会環境とはいったん遮断されたところで完結している。朦朧派以後の中国の現代詩も抒情詩である。さかのぼって、われわれが親しんできた中国の漢詩にも、そういう性格が濃い。というより、伝統的に日本の詩の性格は、漢詩によって大きく規定されてきたのである。この点はあとでふれる。

もちろん日本の詩歌と漢詩にも違いはある。なにより大きな違いは、日本の詩歌には男女の愛情をうたったものが非常に多いが、漢詩に恋の歌はほとんどないことである。漢詩の主題は、おもに友情や、親しい人との再会や別離や、季節の移り変わりや、山河の風景である。だから外部の社会情勢とは切り離されている。多くの場合、良く治まった治世のその天下太平の中にいる自分というものが詩作の拠り所になっている。抒情は自然風景を鏡として詠われるのであり、社会情勢や人間の物語を鏡として詠われるのではない。

李白と並んで唐代最高の詩人とされる杜甫は、何度も科挙の試験を受けてついに合格せず、安史の乱が起こったときには、一時、捕らえられたこともあり、不遇の人生をおくった。その杜甫において抒情は自然風景と分かちがたく結びついている。「昔聞く洞庭の水／今上る岳陽楼」ではじまる有名な「岳陽楼に登る」は、最晩年、といっても五七歳だが、の作である。この詩の尾聯は「戎馬、関山の北／軒に憑りて涕泗流る」である。「戎馬、関山の北」（北方ではいまも戦いがつづいている）という社会情勢への言及は、洞庭湖畔の岳陽楼から見渡した自然風景によって喚起されるのである。

俳句短歌といい漢詩といい、詩は自然風景と抒情をつなぐのだという観念を、わたしたちは伝統的に受け容れてきた。伝統的な「花鳥風月」は、あきらかにそういう考えを基礎としているし、近代になると、視覚的な映像は近景に寄ってくる。「写生」をとなえた正岡子規は、すぐ目の前にある情景を好んで詠んだ。「写生」という理念そのものが視覚と抒情の結合を前提として成り立っている。そして短歌や俳句や漢詩ばかりでなく、近代詩もまた風景と抒情がつながっているのだという観念を前提にして出発した。

それを最初にうちだしたのは森鷗外である。鷗外は『於母影』によって近代詩の語法を提唱したと言えるが、『於母影』はきわめて叙情的である。こころみに『於母影』の巻頭にあるバイロンの詩「いねよかし」をみると、「けさたちいでし故郷は／青海原にかくれけり／夜嵐ふきて艫きしれば／おどろきてたつ村千どり」という自然風景の描写ではじまる。『於母影』は西洋詩の翻訳であるが、一見西洋詩の理念を導入したかにみえて、その実、鷗外は、伝統的な詩的感受性の継承を確認していたのである。

おそらく韓国の近代詩には、風景と抒情の結合を基礎とすべきだという観念はない。抒情は風景でなく社会状況と結びついているのである。

さらに日中韓の詩人の社会的性格の違いを考えると、そこにも違いがある。日本の文人と中国の士大夫（読書人）が対応するだろうが、森鷗外が軍医として、大日本帝国の有能な官僚だったことは象徴的である。かれらにとって官職と権力は忌避すべき対象ではない。

ところが韓国において詩人の社会的性格をあらわすことばはソンビである。ソンビということばは日本語に訳しにくいが、在野の儒者とか、在野の聖人とか、士といったことばが近いだろうか。もう死語になっているが、草莽ということばにつうじるところもある。ソンビは権力を求めず清貧を厭わぬ存在だから、日本の文人とも中国の士大夫とも違う。野にいて、天に通じ、欲得抜きに、義にしたがい、直言し、文をつくる人のことである。もちろんソンビは詩をつくる。天人感応といえばいいか、詩はいわば天のことばを伝えるのである。

日本の詩人で在野孤高の人というと、わたしは漢詩人の阿藤伯海が思い浮かぶ。阿藤伯海は第一高等学校教授として教鞭を執っていたが、第二次世界大戦中の一九四〇年に辞職して故郷の岡山県に帰った。それ以来、隠棲の人として生きた。阿藤はすぐれた漢詩人だった。だがその阿藤の詩には、隠棲を思わせる詩はあっても、義にしたがい世の権力者に直言するという種類の漢詩はない。

第2節　韓国の詩を読むために

わたしがなぜこういうことをくだくだしく書いてきたかというと、韓国の詩を味わうにはちょっと頭の切り替えが必要ではないかと思うからである。次に本書所収の詩の中から、二編の詩の一部を書き抜くので、読みくらべてみてほしい。

行かばや／われらが望み、遠い山頂が見えるところへ／渇きの午後に／まちに出たらば／きみとともに並んで歩みたし／きみは5月のフィアンセ、寄り

そって立つ　きみも／われとおなじ／故郷は遠し　(街路樹)

ときどき、わたしのこぶしは／殴るところを探す。／空であれ／岩角であれ／こぶしは／殴るところを求めて孤独だ。……(中略)……いつかは熱い流血に濡れ／血を噛んで壊れる／悲しき黙示、／こぶしは正当性を探す。

(正当性・2)

いかがだろうか。わたしたちにとってわかりやすいのは、やはり断然「街路樹」のほうではないだろうか。「街路樹」は一九五九年に発表されたムン・ピョンラン(文炳蘭)の文壇デビュー作で、この時期、ムン・ピョンラン(文炳蘭)の詩風はモダニズムだった。「正統性・2」は一九七〇年代初めに発表された有名な詩で、こちらは朴正熙政権に対する抗議が込められている。「いつかは熱い流血に濡れ／血を噛んで壊れる／悲しき黙示、／こぶしは正当性を探す」というのは抒情であるが、それは独裁政権に対する抗議という、社会的立場から表出された抒情なのである。

そういう知識があって「正統性・2」を読めば、この詩はわかる。しかし予備知識のないところにこの詩を差し出されると、詩が訴えるものはぼんやりとしか像を結ばない。実をいうと、わたしなどは最初読んだとき、反抗期のやり場のない苛立ちを表現したのかと思ったくらいである。しかし反抗期の気分の表現としたら、この詩はかなり物足りない。男の子の反抗期はこんなもんじゃない。反抗期に殴りたい相手ははっきりしている。親か、教師か、それとも同級生か、だ。わたしは自分の反抗期を思い出した。わたしの反抗期は小学六年から中学三年にかけてのころだった。一九五一年生まれであるから、反抗期は一九六〇年代前半のことである。

それからわたしの思い出は、自然に、高校から大学に入学したころに移っていった。そして六〇年代末から七〇年代初めのことを思いおこした。そのとたんに、この詩はにわかにわたしのこころを揺さぶりはじめたのである。学生運動のために東京大学の入試が中止になったのが六九年で、わたしが大学に入学したのはその翌年だった。六〇年代後半から学生運動の嵐が吹き荒れ、マスコミは管理社会の弊害を説き、思想界は資本主義社会の疎外を論じていた。高校生活は受験地獄、ハイスクールは灰スクールといわれた。大学を出て就職すればそのままナイン・ツー・ファイブ（九時から五時まで）どころかセブン・イレブンの生活がはじまり、それが定年まで続く。ベルトコンベヤのような人生が自分たちを待っているのだ。わたしは社会に閉じ込められている気分だった。脱出を夢想していた。そして、そのころの自分を思い出したとたんに、「正統性・2」はわたしのこころを揺さぶったのである。「空であれ／岩角であれ／こぶしは／殴るところを求めて孤独だ」。それはまさしく、あのころのわたしの気分だった。

ユ・シミン（柳時敏）の『ボクの韓国現代史』（三一書房、二〇一六年）は一九五九年生まれの著者が、自分の生い立ちにそって韓国現代史を叙述したもので、非常におもしろいし読みごたえがある。著者によれば、戦後の韓国社会は「難民キャンプ」から「兵営」へ、そして「兵営」から「広場」へと、たった五〇年の間にめまぐるしく変化した。著者の青春は「兵営」の時代にあったわけだが、この本に出てくる学校時代のエピソードをみると、学校で貯金通帳をつくらされたり、担任の先生が弁当の検査をしたり、国がつくった文章を暗唱させられたりしている。「学校の検便で大便のサンプルを提出させられた。虫下しを一握りほども渡されて飲まされた。『セマウルの歌』を聞きながら早朝に町の掃除をさせられた。先生に叱り飛ばされたくなかったらこの掃除は必修だった」（二七～二八ページ）と著者は書いている。わたし自身も小学校のときに検便があったり、校舎の掃除があったり、夏休みに早朝のラジオ体操があったりした。日本の学校と似ているが、韓国のほうが一回り強制の度合いが強かったようだ。

学校の外へ目を転じると、「兵営」の様相がみえてくる。六〇年代七〇年代の韓国では、警官が街頭で長髪やミニスカートの若者をしょっぴいたり、流行歌が放送禁止になったり、歌手の名前が突然、オニオンズからたまねぎたちに、パールシスターズから真珠姉妹に変えさせられたりし、「家庭儀礼準則」ができて、華美な結婚式や葬式をおこなったら罰せられるようになった。ここまでくると、わたしには類似の思い出はない。日本の場合、ずっとさかのぼって一九三〇年代後半に、警官が映画を見ている学生を数珠つなぎにしてしょっぴいたり、英語は敵性外国語だからという理由で芸名を変えさせたりしたというから、その点では六〇年代の日本でなく、もっとさかのぼって日中戦争期の日本に重ねたくなる。

もちろん六〇年代七〇年代の日本も、息が詰まるような雰囲気はあった。そのころは日本的経営の絶頂期だった。社宅で妻がお稽古事の教室を開こうとしたら、会社の人事課がやめさせるよう夫に指示したというエピソードがある。もっとすごいのは、海外駐在の社員のために留守番家族という制度をつくり、要望があれば結婚式や葬式に夫のかわりに同僚社員が出席するようにはからったという事例である。こういう風潮だったから管理社会と疎外がやかましく唱えられたものである。しかし韓国に比べると、会社をおしのけて国家そのものが市民生活の真ん中に割り込んでくる度合いはずっと控えめだった。一九七〇年ごろ、文部省が「期待される人間像」を発表したときも、知識人のいっせい攻撃を受けて尻すぼまりになったものだった。

さて「兵営」の中の抒情詩だとわかると、「正当性・2」はいっそう訴えてくる。そして韓国で詩人の存在感が大きい理由もなんとなくわかってくる。ながく言論の自由がなかったために、韓国の詩人は韓国人の良心を象徴する存在として、いわばオピニオンリーダーの役割をはたしてきた。現代における「ソンビ」である。ムン・ピョンラン（文炳蘭）は、シン・ギョンリム（申庚林）やキム・ナムジュ（金南柱）らとともに、そういうソンビのひとりである。韓国の詩には、社会正義を訴える文学的形式としての性格が強いのである。したがって必然的に政治性を帯びる。これは日本人にはよほど想像しにくいことではあるまいか。

第3節　日本の詩と政治　自由民権運動がもっていた文学的可能性

日本の詩の歴史を少しばかりふりかえってみよう。

日本において詩が政治的なメッセージを発する道具として活用された時代があったかというと、あてはまるのは幕末維新期と自由民権運動期である。

幕末で名高かったのは水戸学の泰斗であった藤田東湖の「文天祥の正気の歌に和す」という五言古

詩である。「天地正大の気／粋然として神州に鍾《あつま》る／秀《ひい》でては不二の嶽となり／巍々として千秋に聳《そび》ゆ」ではじまるこの詩は、日本の自然と歴史の中に正気の充満と発露を読み取った長い詩で、幕末の勤王家はこぞってこれを愛唱したのだった。ちなみに文天祥は宋末の人で、滅び行く南宋に忠節を尽くした。宋が滅んだ後、その才能を惜しんだフビライに出仕を求められるが文天祥は頑なに拒否し、ついに処刑された。忠臣の鑑とたたえられ、その「正気の歌」は中国において後世ながく読みつがれた。

もちろん詩を書いたのは一部の儒者ばかりではない。木戸孝允や西郷隆盛はじめほとんどの志士が、立派な漢詩を残している。なかでも西郷隆盛の詩には、変革のこころざしを格調高く歌い上げた味わい深い漢詩が少なくない。

一方、自由民権運動もたくさんの詩を生み出した。しかし自由民権運動がさまざまなかたちの詩を豊かに生みだしたことは、これまでほとんど評価されてこなかった。せいぜい民権思想を普及するために数え歌をつくったことが注目されるくらいである。自由民権運動がさかんだったのは、一八七四年前後から一五年間くらいの期間であったが、新しくつかんだ西洋の政治理念を伝えるために、数え歌、講談、演説、漢詩、新体詩、小説など、あらゆる形式を駆使して叙事的なものが表現された。取り上げられたできごとは、おもにフランス革命やアメリカ独立などの西洋市民革命の歴史である。自由民権運動は、日本の歴史上、もっとも叙事詩的なものを豊かに生んだのである。

なるほど今日読むと、自由民権運動が生んだ詩は文学的には洗練されていない。こころみに植木枝盛の『自由詞林』から「瑞西独立」と題された詩の一部を紹介してみよう。

雲に聳ゆる　白山や　　其の風景も　倫《たぐい》なく
いまは春風　和みつゝ　　自由の花の　匂ふなる
瑞西《ずいっ》の国は　其むかし　　墺地利に　併《あわ》されて
さも苛酷《いらけなき》　暴政の　　嵐の断ゆる　ひまも無し
左れば世の為め　民のため　　天下の為に　革命の
師《いくさ》をおもひ　起しにし　　維廉剔爾《ういれむてる》の　こゝろざし
……

これは、詩というより、まるで政治的プロパガンダである。猛々しくて、荒々しい。花が咲く春の情景もあるが、それを「自由の花の匂ふなる」とうたわれたのでは、まるで芝居の書割である。詩は詩でも、これは大勢の人を行動に駆り立てるための叙事詩である。日本の近現代詩は圧倒的に抒情詩なのだが、自由民権運動は叙事的なものをたくさん生みだした。口承文芸や小説にまでひろげてみれば、自由民権運動こそ、政治的メッセージを発する道具として、あらゆる文学的形式を活発に活用したのだった。詩であれ、数え歌であれ、政治小説であれ、荒削りで外向的で叙事的である。人を行動に駆り立てようとする意欲があふれている。

のちのプロレタリア文学運動も、政治的メッセージの道具として詩や小説を活用したが、プロレタリア詩は、案外内向的で、他者に呼びかけるというより、自分自身を奮い立たせるために必死で自分を説得しているような内容の抒情詩が少なくない。「おまえは赤ままの歌を歌うな」というのは中野重治の有名な詩だが、革命家がこんな調子で自分を説得するのに全力を尽くしているようでは、まことに心もとない。

自由民権運動は政治文化を変えた運動だった。さかんに演説会が開かれ、反政府の新聞が出され、政治の理想を説く小説が書かれた。それまで日本には人前で演説する習慣はなかった。演説の重要性をだれより真っ先に唱えたのは福沢諭吉だったが、福沢は慶應義塾のキャンパス内に、わざわざ演説専門の建物をたて、そこで弟子たちといっしょに演説の勉強をした。講談を語る講釈師を招いて研究した。

江戸時代に瓦版があったが、新聞ということばがつくられたのは幕末のことである。新聞は外国の日本通信を蕃書調所で翻訳したものなど、幕末に外国ニュースの翻訳からはじまった。内容が「瓦版」と全然ちがうので「新聞」という名前がついた。明治になると「中外新聞」と「江湖新聞」が一八六八年に出された。両紙とも反政府色の強い新聞だった。一八七〇年、日本最初の日刊紙である「横浜毎日新聞」が出た。明治初期の新聞は反政府の立場をとるものが多く、自由民権運動がはじまると、有力紙はこぞって政府批判の論陣を張った。

文学はむかしから詩をもっとも上等とし、それから随筆があり、小説はいちばん下等とされた。小説は立派な大人の読むものとは考えられてはいなかった。それが自由民権運動によって一変する。自由民権運動は多くの機関誌をもっていたが、そこに政治小説が連載された。坂本龍馬が広く知られるようになるのは『汗血千里馬』という小説によってだった。小説というかたちで理想を具体的に叙述し、人びとに訴えたわけである。

外崎光弘『土佐自由民権運動史』（高知市文化振興事業団、一九九二年）によれば、立志社が創立されると、それをみて高知では多数の民権結社が生まれた。かれらはさかんに演説会を開いた。立志社がひらいた最初の演説会には二〇〇〇人の人が押しかけ、さらに会場に入りきれなかった人が二〇〇〇人に上ったという。演説会場には多数の女性も姿をあらわした。立志社は新聞雑誌を刊行した。一八七七年八月に『海南新誌』と『土陽雑誌』が創刊され、やがて両誌は合併して『土陽新聞』になった。また歌謡や踊りによって民権思想を普及しようとした。運動会まで開かれたという。

土佐の自由民権運動の闘士であった坂崎紫瀾は、政治活動の手段としてさまざまな表現手段を活用しようとした代表的な人物である。坂崎紫瀾は、一八八〇年に創刊された第二次『高知新聞』の編集長になる。紫瀾はさかんに演説をおこなっていたが、八一年一二月に演説を一年間禁止された。すると紫瀾は寄席芸人になることでこれに対抗した。芸名は馬鹿林鈍翁。八二年一月に旗揚げ興行をおこなったが、翌日不敬罪と集会条例違反で逮捕された。このあと紫瀾は一八八三年に坂本龍馬を主人公にした『汗血千里の駒』を書く。新聞論説から演説、演説から講談、講談から小説へと、紫瀾の行動には文学的な表現への指向がはっきりあらわれている。

自由民権運動はもちろん政治運動であるが、こうしてみると重要な可能性をふくんだ文学運動でもあった。新しい叙事詩が書かれ、新しい歌が書かれ、新しい思想詩が書かれ、新しい小説が書かれた。そして残念なことに、それらの可能性は十分に実を結ばなかったのである。

わたしは自由民権運動が生み出した文学表現の総体を、韓国近現代詩の総体に重ね合わせてみたい誘惑に駆られる。もちろん重ならない部分がずっと大きい。それは百も承知のうえなのだが、そうすることで、日本の近現代詩が捨ててきたものが浮かび上がるだろう。そしてそれが韓国の近現代詩をささえている大きな基盤なのである。

第4節　韓国の詩を読むために

韓国の詩は政治的な理念にささえられているかと思えば、突然、悪ふざけのような諧謔が飛び出してきたりする。たとえばキム・ジハ（金芝河）の有名な「五賊」がそうである。日本の詩の標準からすれば、ものすごく長い詩であり、日本の詩の標準からすれば、悪ふざけにしか思えないような罵詈雑言がどんどん飛び出してくる。「五賊」というのは「ジェボル」「グッフェイウォン」「コグブコンムウォン」「ジャンソン」「ジャンチャククワン」の五人の盗賊なのであるが、実をいうと「ジェボル」は「財閥」と「グッフェイウォン」は「国会議員」と「コグブコンムウォン」は「高級公務員」と「ジャンソン」は「将星」と「ジャンチャククワン」は「長・次官」と、それぞれ同音異義になるようにつくられた造語である。「五賊」は、その五人が悪逆非道のかぎりをつくすという内容の詩である。姜舜の訳によってその中からいちばん上品な部分をしめしておこう。

「ある日この五人の連中あつまり／十年前のいま時分、われら互いに血もて誓い泥棒稼業をはじめてから／日に日に伸るは盗みの業、積もりに積もったり黄金の山、黄金十斤を賭け／日進月歩の妙技をば、一度たがいに競い合うも面白からんと…」。ただし、これはよほど品のいい部分であって、他の部分は汚いことばの連続である。（『五賊　荒土　蜚語』青木書店、一九七二年、一〇～一一ページ）。

この詩にいう「十年前のいま時分」は、一九六一年のパク・チョンヒ（朴正熙）らによるクーデターをさしているのだが、そのために、この詩を書いたことでキム・ジハは反共法違反の罪に問われて逮捕され、「五賊」を掲載した『思想界』は廃刊に追い込まれた。のちにキム・ジハは死刑判決を受けた（八〇年に釈放）。独裁政権に対するキム・ジハの怒りは、上品なことばで抑制することができないほど激烈だったのだ。いや、そもそも韓国の詩は、植民地時代の抗日詩であれ、朝鮮戦争時の民族の悲劇をうたう詩であれ、そして独裁政権に対する抵抗詩であれ、激烈な表現をみせる傾向がある。こういった傾向は日本の詩にはみられない。

ムン・ピョンランの詩にも、悪罵とも悪ふざけともいいたくなる言葉づかいが飛び出してくる。「恋する男女は天下無敵」は若い恋人たちをあたたかく言祝ぐ詩なのであろうが、日本語に訳してみると、あたたかくみているのか冷たく突き放しているのか、まったく判断できなくなるだろう。「恋する男女は天下無敵／ひとりさびしく山眺めたり／白湯（パイタン）飲んだりいたしません／まして楊枝でシーハーしない／あなたのものはわたしのもので／わたしのものはあなたのもの」……。

ところで、このような悪ふざけは李氏朝鮮時代以来の伝統である。昔からの「春香伝」や「沈静伝」も、ストーリーそのものはまじめな恋愛劇であり、孝行娘の物語なのであるが、突然、卑猥なかけあいがはじまったり、下品なだじゃれが飛び出したりする。猥雑な笑いが真面目な物語の中に、混ぜ込まれているのである。シェイクスピアの『ロミオとジュリエット』なども、悲劇なのに猥褻なセリフが次々と飛び出すのだから、文学とはそういうものだと割り切ればいいのだろうが、そこは日本人の読者には、なかなかすんなりとはいかないところだろう。

「春香伝」は日本でいえば説話文学に類する文学であるが、そこにあらわれる悪罵や悪ふざけや笑いは、「春香伝」がどんな階層の人びとに、どのように受け容れられたかを示唆している。それは貧しい人びとが、みんなで支配層たる両班の横暴を告発する笑いなのであり、そのような笑いは日本の説話文学にはあまりみられないものである。

そういえば民族独立運動の雄であり、詩もつくり、歴史家でもあったシン・チェホ（申采浩）が書いた小説「龍と龍の大激戦」は、内容からみれば植民地支配を批判し独立を呼びかける小説なのであるが、形式はSF作家かんべむさし顔負けのハチャメチャ短編SFである。登場人物は龍やら上帝やらパウロやら天使やらと、まことに華々しい顔ぶれで、上帝に仕える龍のミリさまが、おなじ龍のドラゴンとたたかって敗れる、そして上帝の世界はこわれてしまうという物語である。「龍と龍の大激戦」は、幻想小説のかたちをとることによって、外国侵略と階級支配の過酷さとイデオロギー性を表現し、その崩壊を胸のすくようなかたちであらわしているわけである。幻想小説ではあっても、ひとりでロマンティックな夢想にふける単独孤立の幻想ではなく、みんなで政治的解放を叫ぶ複数共同の幻想なのである。

こういう悪態や奇想天外なドタバタは、文学的にどういう意味をもつのだろうか。たしかに「五賊」や「龍と龍の大激戦」は、一見、文学的洗練の対極にある。われわれの文学的完成度の尺度ではかったら、その価値は低いといわざるを得ないだろう。そのかわりここには、わが国の自由民権運動がもっていたのとおなじように、強い主張がある。こういう作品が世に出て多くの読者に楽しまれる背景を考えると、文学的完成度などという高尚なこととはまったく別の、もっと実生活に密着した、もっと切実な、そして文学の社会的役割についての、よくよく考えてみなければならない問題がみえてくる。

　日本の抵抗詩人は「五賊」のような詩を書いたことがあったか。日本の小説家は「龍と龍の大激戦」のような小説を書いたことがあったか。こういうかたちで問題をたててみるとわかりやすいだろう。

　そして、この問いかけは、突飛なようだが、つきつめていくと日本の詩に叙事詩の伝統があったかという問題にからむであろう。日本の詩には風刺や罵詈雑言はほとんどない。もし「五賊」に近いものをさがすとすれば、一四世紀前半の「二条河原の落書」にまでさかのぼらなければならないだろう。「此頃都ニハヤル物　夜討　強盗　謀（ニセ）綸旨」ではじまる落書は、ときの世相を風刺した七五調の文書である。わたしたちはこれを詩とは認識しない。それはわたしたちが、これを詩とみない文化の中にいるからである。もしも被支配層が自分たち自身の表現手段をもっていて、そしてそれが伝統となっていたら、そういう文化の中では、「二条河原の落書き」のような文書は立派に詩と評価されるのではないだろうか。

　さてムン・ピョンランの抵抗詩は基本的には抒情詩であるが、叙事的な要素も含まれることがある。韓国民ならだれでも知っている故事をふまえた詩がたくさんある。たとえば、有名な故事に取材した「成三問の舌」がそうである（本書三八ページ）。成三問は李氏朝鮮時代の学者・政治家である。一四五五年、首陽大君がクーデターで若い端宗を王位から引きずり下ろし、みずから王位について世祖となった。これに対して成三問らは端宗復位のため首陽大君暗殺の機会をねらっていた。しかし計画は発覚し、五六年、成三問ら六人の志士は首陽大君みずからがのぞんだ裁きで拷問を受け処刑された。成三問は今日においても、不義とたたかう志操堅固な人物とされている。また処刑された六人は「死六臣」といわれている。詩の五行目「殿下と呼ばず旦那と呼んだ」のくだりであるが、それには次のような由来がある。暗殺計画が発覚して成三問らは捕縛され、国王の前で裁きがおこなわれた。その場で、成三問は首陽大君に「旦那（ナウリ）」と語りかけた。お前を国王とは認めない、だから「王様（チョナ）」とは呼ばないぞ、という意思表示である。韓国史で有名な場面である。

すっかり説明が長くなってしまったが、日本では、太閤秀吉に抵抗した千利休の事績とか、吉良家討ち入りの準備を周到にすすめる大石内蔵助の行動といった故事を取り入れる習慣は、演劇や小説にはあっても、詩にはほとんどない。そういう故事をさかんに取り入れたのは講談であり、落語であり、大衆小説であり、歌舞伎であり、浪曲であった。（自由民権運動の詩が描いたのは、スイスだのアメリカだの、西洋のできごとだった）。この点も、いやこの点こそ、日本の詩と韓国の詩のちがいを考えるばあい、見逃してはならないことである。

第５節　日本の近代詩の由来をたどる　新体詩と浪曲

さて、日本の詩に戻ろう。自由民権運動に胚胎した可能性はなぜ実を結ばなかったのだろうか。

今日の詩につながる近代的な詩形式がうまれたのは、新体詩にさかのぼる。新体詩はもともと欧米留学から帰朝した学者たちがはじめた形式であった。一八八二年、谷田部良吉、外山正一、井上哲次郎の三人の学者が『新体詩抄』を世に送り出した。収録された詩編は七五調であること以外にさだまった規則はなく、多くは訳詩である。内容をみると、たたかいの詩も多いが、世界観や人生観をうたった思想的なものが多く、花鳥風月に代表されるような伝統的な美意識とは一線を画している。相聞歌に類する恋愛詩はほとんどない。その意味では硬派の詩が多い。なにしろ社会学を学んで世の中を良くしようなどという詩まで収録されているのである。要するに『新体詩抄』は、西洋の感受性のあり方に学ぼうとしたこころみであった。

やがて新体詩は北村透谷『楚囚之詩』（一八八九年）や、落合直文『孝女白菊の歌』（一八八八年〜八九年）といった叙事的な性格の濃い長編詩を生み出す。『楚囚之詩』は新しい感受性によって新しい世界観や政治思想を基礎づけようとする画期的な、というより飛躍的な挑戦だった。しかし透谷はその飛躍に成功したとはいえなかった。『孝女白菊の歌』のほうは広く人口に膾炙し、のちに浪曲に読まれたりもしたが、こちらのほうはあとに続く長編叙事詩がなかった。

一八八九年に森鷗外の『於母影』が『国民之友』の附録として発表された。『於母影』は西洋の詩の訳詩集であるが、これによって新体詩の詩形が確立したといわれる。だが本当をいえば、確立したのは詩形ではない。詩の内容だった。つまり『於母影』所収の詩編は抒情詩ばかりだったのである。森鷗外は大きな存在だっただけに、『於母影』がその後の近代詩の動向におよぼした影響は絶大なものがあった。

詩の内容ということを視野に入れると正岡子規による短歌革新も忘れてはなるまい。正岡子規が提唱したのは、抽象的な道徳理念や社会正義の革新ではなく、目の前で展開するできごとを客観的にうつしとる「写生」であった。「柿食えば鐘が鳴るなり法隆寺」という子規の俳句の新しさは、伝統的な花鳥風月からの解放を意味するものであっても、儒教的な大義名分論からの解放をめざしたり、明治政府の打倒を叫んだりということとは縁もゆかりもなかった。

正岡子規が「写生」という合い言葉で、視覚を中心にすえたリアリズムをとなえたことと相俟って、日本の近代詩は圧倒的に抒情を中心として発達することになった。そして『於母影』美学とでもいうべき価値観がその後の詩壇をながく支配することになった。たとえば『新体詩抄』は文学的には未熟と評価されてきた。そのとおりだが、なぜか。社会学の意義を宣揚するといった内容が、近代詩として受け容れるべからざるもののように意識されたという偏向を見逃してはならない。

それとおなじ事情が、小説の世界をもうごかしていた。矢野龍渓『経国美談』のような政治小説の名作を、文壇文学者たちは拒絶したのである。坪内逍遙が『小説神髄』で論じたように、「小説の主脳は人情、世態風俗これに次ぐ」で、文学者たちがまっさきにかかげたのは内省的な性格描写や心理描写であった。明治一〇年代から二〇年代は政治小説がさかんだった。そのなかでも『経国美談』は古代ギリシア史の調べがいきとどいた名作であった。しかし『経国美談』をささえている実証的な作業、つまり事実にもとづく物語展開や事実の描写は少しも評価されなかった。

詩にもどろう。日本の近代詩にはなぜ『楚囚之詩』や『孝女白菊の歌』以上の叙事詩がないのだろうか。ヨーロッパの叙事詩は非常に長編で、ホメロスの『イリアス』や『オデッセイ』のように、一編で分厚い書物になるものが多い。韓国にも一冊の本になる長編叙事詩がいくつもある。ムン・ピョンラン（文炳蘭）も一編一冊の叙事詩を書いている。しかし日本の近代詩に長編叙事詩はない。

さかのぼれば八世紀初めに成立したとみられる『古事記』や鎌倉時代に成立した『平家物語』は叙事詩的な要素を色濃く持っている。そもそも『平家物語』は琵琶法師たちが語った口承文芸である。もともとは『古事記』も口承されたのであるが、語りの発声は叙事詩が成立する重要な用件である。聴衆がじっと耳をかたむけて話者の語りに聞き入るとき、そこに複数共同の詩情が湧き出るからである。

口承文芸は叙事詩が生まれる源泉ではないか。そう考えるとき、われわれは講談や落語や義太夫といった口承文芸が江戸時代から存在してきたこと、そして二〇世紀になると新しく誕生した浪曲が非常な勢いで栄えたことに着目しないわけにはいかない。新体詩は抒情詩に偏り、叙事的なものは浪曲が引き受けた。新体詩と浪曲のすみわけ、それが日本の近代詩から叙事的な要素を失わせたのである。

講談師が苗字帯刀を許されたように、また落語が文化人の座敷からはじまったように、講談や落語は文化的に洗練された階層からあらわれた話芸であった。それに対して、浪曲は下層庶民のあいだからあらわれた。講談や落語は江戸時代から定席があったが、浪曲はもともとは道端で往来の人びとに聴かせる大道芸であった。それが明治になって桃中軒雲右衛門が登場する前後に、東京や大阪の定席への進出をはたし、やがて日露戦後になると爆発的な人気を博したのであった。

雲右衛門が武士道鼓吹を標榜したように、浪曲は赤穂義士など忠義の美談を演目にすることで軍国主義の波に乗った。浪曲はその出発から、桃中軒雲右衛門が国龍会の頭山満や内田良平らの知遇を得て支援されたように、右翼的な心情と結びついていたし、それればかりか官僚が浪曲を支援しようとしていた。浪曲による思想善導を考えていた古賀廉造は、内務省警保局長になった一九〇六年、「浪花節奨励会」をつくっている。

浪曲は歌舞伎や講談の題材をたくさん取り入れた。そのことによって、浪曲はいわば民衆の共通教養目録を複写する手段になった。赤穂義士はいうまでもなく、一八世紀中ごろに成立した人形浄瑠璃と歌舞伎の「仮名手本忠臣蔵」からとった演目であったし、ほかにも、「天保六花撰」は、もともと二世松林伯円が実際にあった事件を講談に仕立てて評判になったのが最初だったが、やがて歌舞伎で「天衣紛上野初花」として上演され当たりをとり、それ以来歌舞伎の十八番になった。そして、それを浪曲に読んだのが初代木村重友だった。

どの民族にも口承文芸はある。朝鮮民族にはパンソリがある。一九世紀にパンソリが広がったとき、「春香伝」や「沈静伝」がパンソリの台本に書きなおされた。パンソリは非常に長尺で、「春香伝」はすべて演じると優に八時間はかかるといわれ、一回の演し物ではそのうちの一部が演じられる。浪曲でいえば「赤穂義士伝」が赤垣源蔵だの天川屋だの伊賀越えだの、一五分くらいの数多くの独立した演目から構成されているのと似ているだろう。しかしパンソリにある猥雑な笑いが支配層に対するやりどころのない憤懣のはけ口であるのに対して、浪曲が好んで取り上げる忠孝美談の感動は、秩序と体制の安定に奉仕するのである。

要するに、日本の近代文学の土壌には叙事詩は育たなかった。どこの社会でも叙事詩にあたる形式の口承文芸は庶民のものであるが、日本の知識層にはもっぱら抒情詩が受け入れられ、叙事詩は育たなかった。そして叙事詩の要素は、近代日本のナショナリズムの媒体となった。浪曲は忠君義士の物語をくり返し読むことによって、戦前のナショナリズムの培養土を提供した。浪曲が思想統制にたずさわる官僚によって奨励されたように、日本の叙事「詩」は、一見、下層庶民のものであるようにみえながら、その実、かれらの心情を秩序と国家に回収するものであった。

その点は韓国とははなはだ対照的である。韓国のナショナリズムは忠君愛国ではない。侵略的でもない。いってみれば防衛的なナショナリズムである。しかしただ防衛的なだけではない。どっちみちナショナリズムは多かれ少なかれ攻撃対象をもっているものである。韓国のナショナリズムの特徴は、かつてなら両班、そして現代では独裁的な支配者やそれにつらなる人びとへの憤りをもっていることである。韓国語で「外勢」ということばがよく使われるが、それは韓国の保守支配層が依存する外国勢力を意味することばである。本書所収のムン・ピョンランの詩にもあるが（一六二ページ）、国でいえば日米中ソの四カ国である。韓国のナショナリズムは防衛的な「怨」のナショナリズムなのである。

第6節　韓国の詩と政治

韓国が民主化されたのは一九八七年、つまり三〇年ほど前のことであった。

かんたんに韓国近代史をふりかえっておこう。まず李朝時代は日本でいえば江戸時代である。李氏朝鮮は一三九二年に建国され、一九一〇年の日韓併合まで五〇〇年以上つづいた。封建社会であるから、支配階級である両班と庶民との隔絶ははなはだしかった。政治経済の格差はもちろん、文化も二重構造になっていた。両班は漢文を読み書きし、ハングルは主として庶民の文字だった。中国の冊封体制に組み込まれていても、民族意識が広い基盤で成り立つ余地はなかった。

国民文化の形成がはじまるのは二〇世紀になったころで、このころのことを「開化期」という。甲午すなわち一八九四年に日清戦争がおこり、日本が勝利すると朝鮮では開化運動がおこった。新文芸運動がおこり、言文一致で小説を書く運動がおこった。そして朝鮮に日本文化が、さらに日本をつうじてヨーロッパ文化が流れ込んだ。一九一〇年の日韓併合から四五年の解放にいたる三五年間は「日帝強占期」といわれるが、この時期に民族意識が形成された。やがて一九一九年の三・一独立運動のように独立をめざしてたたかう運動がおこった。このように朝鮮民族は二重の困難な課題にたちむかわなければならなかった。独立のもうひとつ手前で、そもそも国民文化をつくらなければならなかったのである。

日本でいえば、江戸時代のままいきなり外国の植民地になり、自由民権運動は徹底的に弾圧され、板垣退助の自由党や大隈重信の改進党のような反政府政治運動が公然と活動する余地はまったくないといった状況だった。もしもそういう状況だったら、福沢諭吉や内村鑑三や黒岩涙香といった言論人はどんな活動ができたかと想像してみればいい。植民地支配と徹底的にたたかうだろうか、それとも来るべき解放にそなえて国民意識の啓発につとめるだろうか。この時代に活躍した人びととして、小説家のイ・グヮンス（李光洙）、実業家で教育家のキム・ソンス（金性洙）、ジャーナリストで歴史家のチェ・ナムソン（崔南善：ムン・ピョンランの詩にも登場する）、文学者のミン・テウォン（閔泰瑗）などが思い浮かぶが、彼らの内心の苦衷は想像にあまりある。しかし彼らの評価はいまの韓国では毀誉褒貶なかばする。総じてあまりかんばしいものではないかもしれない。

そういう社会文化状況の中で詩人は重要な存在だった。植民地支配下で自分の志操を守ろうとしたら、学校を経営したり新聞社をおこしたりするより、詩作に従事する方がよい。教育は国家による統制が及ぶ分野である。明治の教育者がいかに政府に忠実でなければならなかったかを想像していただきたい。まして植民地であればなおのことである。権力に従わなければ学校をつぶされてしまう。ジャーナリズムもそうである。一九三一年から四五年まで、日本の新聞は戦意高揚のためしきりに愛国心を煽りたてた。まして植民地のジャーナリズムなら、なおのこと権力に従順なふりをするしかない。

これに対して、詩なら、中核にある主張をやわらかく守りながら、直接その主張を読者のこころに届けることができる。一九四五年、日本の敗戦を待たずに福岡の刑務所で獄死したユン・ドンジュ（尹東柱）は有名である。一九四二年日本に渡って立教大学専科に学び、その後同志社大学専科に移った。韓国では国民的な詩人として評価されている。あるいはイ・サンファ（李相和）という詩人がいる。イ・サンファは三・一独立運動に共感して運動をおこすが朝鮮総督府に追われて逃れる。やがて日本に渡るが関東大震災で帰国。一九二五年、ＫＡＰＦ（朝鮮プロレタリア芸術家同盟）の設立に参加した。一九一七年にロシア革命が起こり、一九二〇年代は世界的に社会主義の運動と思想が勃興した。文学の世界でもプロレタリア文学運動がおこった。日本では二四年に雑誌『文芸戦線』が創刊され、二八年にはナップが結成された。そして当時日本の植民地であった朝鮮でも時を同じくしてプロレタリア文学運動がおこったのである。イ・ユクサ（李陸史）は独立運動の闘士だったから、この二人と同列に論じることはできないかもしれない。満州、中国をまたにかけて、独立のためにたたかった。ジャーナリストとして評論を書いていたが、弾圧が激化すると文学への傾斜をつよめた。一九四四年、北京で虐殺された。イ・ユクサも日本の官憲の犠牲になったのである。

さて一九四五年八月一五日に日本は連合国に降伏した。人びとは解放され、ようやく民族自決の条件を掌中にした。しかし、それを実現する道のりは、なお困難をきわめた。一九四八年に大韓民国が建国され、イ・スンマン（李承晩）が初代大統領に就任したが、イ・スンマンは民衆的な権力基盤を持たなかった。ながいあいだアメリカに亡命していて、帰国したときはすでに老人であり、植民地時代に独立運動を組織した経験も乏しかった。アメリカの後ろ盾がなければ到底政権を維持できなかったであろう。六〇年四月にイ・スンマン政権は倒れるが、民主的な政権が組織されるもつかの間、六一年五月、パク・チョンヒ（朴正熙）がクーデターによって政権を掌握した。朴正熙政権は、富国強兵路線を敷き、まがりなりにも国民的な政権基盤をつくり、「漢江の奇跡」といわれる高度成長を実現した。しかし朴政権は軍事政権であり、開発独裁体制だった。言論弾圧もきびしかった。とくに朴政権の後半の維新体制では、第一節で紹介したとおり統制は国民生活の幅広い範囲に及んだ。

民主主義のひとつ手前に国民国家を形成するという段階がある。民族主義（ナショナリズム）の段階だと言っても大きな間違いではない。民族主義段階の政治形態はいろいろであり、最近の政治学者は権威主義体制とか開発主義といった概念をつくりだしているが、ひとことで言って国民が自分の国だと考えるような政治体制がおこなわれるのが民族主義の段階である。民族主義に基づく政治体制を築くには、封建制を打破したり、帝国を打倒したり植民地支配から独立したりしなければならない。日本で言えば、明治維新から太平洋戦争に敗れるまでの時期が、民族主義ではあるが民主主義でなかった時代である。

民族としてのコリアンは民族主義をわがものにすることさえ、ながいあいだできなかった。民族主義を構成すべき主な要素が出そろうまでにずいぶん時間がかかったのである。一九四八年の李承晩体制はひろい国民的基盤に立った体制ではなく、政権崩壊後短命に終わった民主主義政権を倒して、六一年には朴正熙少将がクーデタを起こした。この時期に韓国政治は民族主義の段階に達したと言えるだろう。高度成長を実現した朴政権はとにもかくにも国民的基盤をつくりだしたのである。遅れて近代化した国々は、しばしば、まず経済成長が実現してから、しかるのちに民主化が進行するというプロセスをたどる。

なにより決定的なのは南北分断である。この場合、分断とひとことで片づけるのではなく、具体的に分断とはどういうことなのかということを考えてみなければならない。韓国の政治史はけっこう血なまぐさいのである。

一九四五年に解放されたけれど、北はソ連軍が南はアメリカ軍が占領し、独立後どのような国家をつくるかについて深刻な対立が生じた。結局、四八年八月に単独選挙によって南に李承晩を大統領とする大韓民国が建国され、九月には北に金日成を主席とする朝鮮民主主義人民共和国が建国された。これで南北が分断された。

五〇年六月には朝鮮戦争が勃発する。朝鮮戦争は五三年七月に休戦になるまで三年もつづいた。つまり朝鮮戦争は、四一年一二月から四五年八月の太平洋戦争と同じくらい長い期間たたかわれた大戦争なのである。太平洋戦争で使用された火薬よりもおおくの火薬が使用され、犠牲者は二〇〇〇万人、離散家族は一〇〇〇万人以上にのぼった。太平洋戦争では大阪や東京で地上戦になるなどという事態はなかったが、朝鮮戦争の場合、国土を舞台にして戦火が荒れ狂った。同胞が殺し合い、家族が離散するという悲劇が起こった。

しかも朝鮮戦争の前にも、済州島の虐殺、麗水・順天事件（いずれも一九四八年に起こった）など、韓国内では何度か大量虐殺事件が起こっている。済州島の虐殺が起こったときにはたくさんの人が九州に逃げてきた。原因はやはりイデオロギー対立である。国民補導連盟事件という陰惨な事件も起こっている。国民補導連盟というのは社会主義から転向した人びとを支援するために一九四九年に設立された団体だったが、五〇年に朝鮮戦争が勃発すると、これに登録していた人たちを共産主義に加担した前歴があるとして大量殺害した。一九八〇年の光州事件も国民を守るべき軍が国民を殺戮したのである。こういった一連の事件には冷戦が暗い影を落としている。米中という「外勢」の冷戦が半島の人たちをふたつに引き裂いたのだ。

しかも韓国史はずっと昔から大国の影響をうけてきた。まず中国の冊封体制に組み込まれていた。近代になると、日本やロシアが加わった。そして朝鮮宮廷は大国の勢力争いの中を遊泳して生き残ろうとする外交政策をとった。あってはならないことだが、李氏朝鮮末期や大韓帝国時代には国王がロシア公使館で政務を執るといったことさえあった。

一九八〇年代の韓国は全斗煥・盧泰愚の軍事政権がつづき、政治的には光州事件の傷をひきずっていた。しかし思想や文学の世界では八〇年代後半から自由化がすすんだ。それまで北にわたった文学者たちの作品は公刊することが許されなかったが、彼らの作品をふくめ社会主義や共産主義の文献も読めるようになった。

一九八七年一二月に久々に、というよりはじめてといったほうがいいかもしれないが、全国民の直接選挙による大統領選挙が行われ、軍人出身の盧泰愚が大統領になった。金泳三が大統領に当選するのが五年後の九二年であるから、九二年にやっと選挙で選ばれた文民政権ができたわけである。一九八七年の民主化以後になると、キム・ナムジュ（金南柱）の『祖国はひとつだ』（一九八八年）、イ・テ（李泰）の『南部軍』（一九八八年）、趙廷来の『太白山脈』など、これまでタブーだったテーマに取り組んだ小説もあらわれた。

以上かんたんに韓国の政治史をたどってきた。八七年までは言論の自由がなかったわけであるから、そういう状況下で、詩人は言論人として大きな役割をになってきた。だから詩は、少しでも多くの人たちに訴えるために、叙事的な要素も、荒々しい要素も、品のない要素も、豊かにふくんできた。洗練された抒情だけが詩の本質ではない。詩人は韓国人の良心を象徴する存在なのである。

謝辞

文炳蘭の詩の翻訳をこころよくお認めくださったご遺族に心から感謝し、本書をささげます。

広岡守穂・金正勲

年譜

1934年　全羅南道和順郡道谷面で父文泰植と母洪重根の間に3男2女の末子として生まれる。
1943年　道谷国民学校に入学。
1946年　終戦後、光州に移住し、瑞石国民学校4年生に転学。一時期級友から田舎者とからかわれたこともあるが、成績優秀で班長や会長として選ばれ、特に担任から詩や作文に才能があると褒められた。
1949年　瑞石国民学校卒業後、光州師範併設中学校入試に最高得点で合格し、学費免除を受ける。
1950年　6月の韓国戦争で休校令が発令され、和順の郷里に避難。後に開学されたが、家計が貧困で郷里で農事を手伝いながら学齢期を過ごす。
1953年　貧乏な生活の中に周りの人の世話を受けて郷里の中高校に編入。
1956年　和順農業高等学校を卒業し、周りの知人に進められ、詩人金顯承（当時朝鮮大学教授）に師事するために朝鮮大学文理大文学科に入学。
1957年　大学2年生の時、猛虎《メンホ》部隊に入隊、1年6カ月間の軍服務を終えて、59年2月に除隊、金顯承のもとに戻って3年生に復学。
1959年　『現代文学』に〈街路樹〉（金顯承の推薦）を掲載。
1961年　朝鮮大学文学科を卒業し、順天高等学校国語教師に赴任。金仁植の二女金淑子と結婚。
1963年　〈花畑〉で、本格的に文壇にデビュー。
1966年　光州第一高等学校に転勤。このころ長女と二女が生まれる。光州第一高等学校は優秀な人材が集まる名門高校で、すぐれた教師という評価を得た。このころ先輩金容根に会って民族史観に目覚めると同時に、生徒たちの文学同人サークルを指導。問題意識の高い教え子たちと縁を持つ。

1969年　母校の朝鮮大学国語教育科に専任講師として赴任。「文芸思潮」「国語史」などの講座を担当した。後に各界（文壇、教育界など）で活躍する多くの教え子を輩出。

1970年　最初の詩集『文炳蘭詩集』を刊行。

1972年　朝鮮大学の私物化をもくろむ朴哲雄一家の経営に失望し、大学を離れて全南高等学校の教師になる。

1973年　『正当性』を刊行。

1975年　維新体制のもとで、全南高校の教師たちの指導力に不満を持った学生たちがストライキをおこなった。首謀者とされた学生が退学処分を受けると、その学生に対する責任感から学校に辞表を出し、大成学院という予備校で浪人生たちを指導し始める。

『創作と批評』に〈ゴム靴〉〈地の恋歌〉などの詩を発表し続ける。自由実践文人協会に入会、反独裁抵抗文学に没頭しながら民族文学作家会議の理事、諮問委員、光州・全南共同代表を歴任。

1977年　教え子と一緒に夜間講義に出るが、光州市東明洞で酔っ払いの不良たちから暴行を受け、頭を刺されて重傷を負った。教え子は傘で刺されて片方の目を失明。この時に救われた命を祖国の民主化と南北統一に捧げると決心をする。『タケノコ畑』を刊行。

1978年　『灯火の歴史』『稲のささやき』を刊行。

1979年　『タケノコ畑』（再刊）が販売禁止になると、それについて文化公報部（現文化観光部）に25ページの長い抗議書を提出し、大きな波紋を呼んだ。

1980年　「光州民主化運動＝五・一八民衆抗争」の背後操縦者として指名手配され、麗水の教え子の家で1カ月ほど隠遁生活をする。その後、6月28日に自ら警察へ出頭し投獄され、9月中旬に起訴猶予処分を受ける。

全斗煥軍事独裁政権の暴圧政治が続く中、光州民主抗争の正当性、その真相や歴史的意義を知らせる講演、コラム、追慕詩（五・一八民衆抗争犠牲者への）発表などの実践運動と文筆活動を展開することになる。

『稲のささやき』戒厳軍により不穏書籍に指定され押収される。

1981年　『地の恋歌』を刊行（販売禁止になる）

1983年　『暁の序』を刊行。

1984年　西ドイツの慈善団体の招聘で西ドイツを訪れ、小説家黄晳暎氏や社会運動家李泳禧氏と一緒に海外同胞とドイツの社会団体を対象に講演会を開く。『桐巣山のコノハズク』を刊行。

1985年　『まだ悲しい時ではない』を刊行。

1986年　全南国民運動本部の共同議長になる。民主教育実践協議会共同代表になる。『5月の恋歌』、『無等山』を刊行。

1987年　6月民主抗争後、〈ニューヨークタイムズ〉特集版（1987年7月31日付）に「火炎瓶の代わりに詩を投げた韓国の抵抗詩人」として報道される。韓国〈東亜日報〉（1987年8月18日付）は、その記事を紹介し、「去る31日、『ニューヨークタイムズ』は火炎瓶の代わりに詩を投げた韓国の抵抗詩人たちを紹介した。高銀、金芝河、文炳蘭、鄭喜成、梁性佑などに受け継がれるいわば民衆詩人たちが韓国の民主化を先導してきたという評価だ」とふれている。『咲かせなかったあの日の花たちよ』を刊行。

１９８８年　朝鮮大学の民主化が成し遂げられ、朴哲雄一家が経営の第一線から退くと、朝鮮大学国語国文学科に復職する。『ヤンキーよ、ヤンキーよ』を刊行。
１９８９年　『火炎瓶の破片が散らばる道路で僕は泣く』を刊行。
１９９０年　全国民主教授協議会の共同議長になり、教授解雇や全教組の問題などの教育民主化運動を導く。『地上に捧げる私の歌』を刊行。
１９９１年　『牽牛と織女』を刊行。
１９９４年　『不眠の連帯』、『暁が来るまでは』、『冬の森で』を刊行。
１９９７年　『明け方のチャイコフスキー』を刊行。『織女へ』、『冬の森で』を再版。
１９９９年　『因縁序説』を刊行。
２０００年　朝鮮大学教授を定年退職。
２００１年　『花の上で冷遇を受けたら葉の上で寝て行こう』を刊行。
２００２年　許炯萬、金鐘編集『文炳蘭詩研究』を刊行。
２００６年　『タンポポ打令』を刊行。
２００７年　『瑞石臺の光と陰』を刊行。
２００８年　光州市芝山洞に瑞隠文学研究所開所。
２００９年　『僕に道を聞く愛よ』を刊行（朴寅煥詩文学賞記念詩集）。地域文化交流湖南財団の理事長に就任。『梅の恋風』を刊行。
２０１０年　『金曜日の歌』を刊行。

２０１１年　英訳詩集『詩人の肝』を刊行。
２０１２年　肉筆詩集『法聖浦の女』を刊行。
２０１５年　『玩具のない子どもたち』を刊行。膵臓癌で朝鮮大学病院で永眠。

（受賞）
１９７９年　全南文学賞
１９８５年　楽山文学賞
１９９６年　錦湖芸術賞
２０００年　光州市文化芸術賞
２００９年　朴寅煥詩文学賞・釜山文芸詩大賞
２０１０年　洛東江文学賞

■訳者略歴

広岡 守穂（ひろおか　もりほ）

1951年生まれ。中央大学法学部教授。おもな専攻は日本政治思想史だが、現代日本の社会現象に幅広い関心を持ち、男女共同参画、NPO、子育てなどさまざまな分野で発言している。NPO推進ネット理事長（現在顧問）、佐賀県立女性センター・アバンセ館長、内閣府男女共同参画会議専門委員、文部科学省中央教育審議会専門委員など歴任。1990年『男だって子育て』（岩波新書）でベストメン賞受賞。詩や作詞も手がけている。主な著書に『豊かさのパラドックス』（講談社現代新書）、『市民社会と自己実現』（有信堂）、詩集『ひとりとみんな』など。

金　正勲（キム・ジョンフン）

1962年韓国生まれ。韓国・朝鮮大学校国語国文学科を卒業後、日本に留学。関西学院大学大学院文学研究科で学び、博士学位取得。韓国の視点から日本文学を読むことに励み、さらに文化の社会的役割を意識しつつ日本文化を韓国に、韓国文化を日本に紹介することに専念している。 現在、全南科学大学副教授。著書に『漱石 男の言草・女の仕草』（和泉書院）、『漱石と朝鮮』（中央大学出版部）、訳書に『私の個人主義 他』（チェク世上）、『明暗』（汎友社）、『戦争と文学』（J&C）、『地底の人々』（汎友社）、『新美南吉童話選』（KDbooks）などがある。

装幀◎澤口　環

文炳蘭《ムンピョンラン》詩集　織女へ・一九八〇年五月光州 ほか

2017年10月12日　第1刷発行

（定価はカバーに表示してあります）

著　者　　文　炳蘭
訳　者　　広岡 守穂
　　　　　金　正勲
発行者　　山口　章

発行所　風媒社
名古屋市中区大須1丁目16-29
振替 00880-5-5616 電話 052-218-7808
http://www.fubaisha.com/

乱丁・落丁本はお取り替えいたします。　＊印刷・製本／モリモト印刷

ISBN978-4-8331-2096-8